JN319668

新潮文庫

あのひとは蜘蛛を潰せない

彩瀬まる著

新潮社版

10323

あのひとは蜘蛛を潰せない

1

あ、と小さな声がした。

レジに入っている柳原《やなぎはら》さんの声だ。頭痛薬の在庫を数えていた私は棚のすそから立ち上がり、腰を叩《たた》いてそちらを向いた。水曜日の深夜二時。夜勤の最中で、お客はちょうど途絶えていた。

「どうしました？」

「いや、蜘蛛《くも》が」

蜘蛛がさ、と苦笑混じりに柳原さんが指差した先、親指の爪《つめ》ほどの黒い粒がのそのそと緩慢にレジカウンターを這《は》っている。足は短く、艶《つや》のある腹部が丸々と肥えた、存在感のある蜘蛛だった。

「ぼうっとしてたら、近くにいて。びっくりしたんです」

「蜘蛛、苦手なんですか？」

「いや、平気。でも、これだけでかいと、潰《つぶ》すのも見逃すのもイヤだなあ」

カウンター内のティッシュを一枚抜いて、柳原さんは指を迷わせる。白い毛の混じった眉《まゆ》をハの字にして、五十歳を目前にした男性が、本当に困っているようだった。しゃがみ続けて足が痺《しび》れていたので、私は運動がてらレジカウンターへ近づいた。丸い、丸い、一秒後にはぷちんと弾《はじ》けて死ぬことになるかも知れない小さな生き物を見下ろす。

「イヤなら、ティッシュにくるんで、店の外に放しちゃえばいいじゃないですか」

柳原さんは一瞬あっけにとられた顔をした。

「ああ、そうか」

呟《つぶや》いて、蜘蛛にティッシュを被《かぶ》せる。けれど虫の体をつまもうとして、また彼の指はまごついた。潰してしまうのがこわいのか、それとも虫の感触自体が嫌なのか。私はもう一枚ティッシュを引き抜き、柳原さんの手を押しのけて慎重に蜘蛛をつまんだ。指の先を、二枚のティッシュごしにうごめく足がくすぐる。

自動ドアを抜けて外に出ると、排ガス混じりの夜風が頬をなぶった。荷物をぱんぱんに積載した大型トラックが目の前を通過する。私の店は、都心へ向かう太い国道のそばにある。零時を回って道路が空《す》き始めると、ありとあらゆる品物を積んだ大型車が産卵地を目指す魚の群のごとく全国から押し寄せてくる。

駐車場にしゃがんでティッシュを開き、蜘蛛がアスファルトに這い出すのを待った。手持ちぶさたに眺めていた数秒だけで、精肉、生花、ヨーグルト、精密機械、紙おむつ、と様々なメーカーのロゴが暗い道路の彼方《かなた》へ走り去っていく。

大学を卒業した六年前、県内大手のドラッグストア運営会社に新卒採用された私にとって、ここは三軒目の店になる。今までに赴任した中ではこの店舗が一番好きだ。真夜中、この国道は時速百キロを越える急流をたたえた、不可視の川になる。車道は身の丈をすっぽりと呑《の》み込む深い川底で、ふっと足を踏み入れた瞬間、トラックと同じ速度で夜の彼方までさらわれていく気がする。

黒光りする蜘蛛は、私が潰してしまったらしい脚をひきずりながらアスファルトの色へ溶けていく。私は蛍光灯に照らされた店内へ戻った。

「すみません、店長」

レジカウンターですまなそうに眉を下げる柳原さんへ首を振る。

蜘蛛の始末をつけられない人。そんななんともいえない印象は柳原さんの薄い背中に似合っていて、その後も長く私の中に尾を引いた。

このドラッグストアに配属されたとき、柳原さんはすでに勤務三年目のベテランパートさんだった。この店舗は勤務年数が長くて性格の強い女性スタッフが多く、男性は物腰の柔らかい温厚なタイプか、うまく「かわいい弟分」になれる若い人でないと長続きしない。柳原さんは、そんな店の人間関係をうまく乗り切れる貴重な男性スタッフの一人だ。休憩室ではあまり出しゃばらず、周りが年配の主婦さんばかりになっても、するりと溶け込んで穏やかに相づちを打っている。テレビドラマの話題にも「あの女優さん優しい顔してるよねえ」などとのんびりついていく。

柳原さん自身について私が詳しい話を聞いたのは、もっぱら夜勤の時だった。お客がいなくなる時間帯、眠気を覚ますために私たちはとりとめのない話をした。家族の話、仕事の話、休みがとれたらどこに行きたいか。

「インドかな」

「インドですか。冒険しますね」

「体力があるうちに行っておきたいな。柳原さんは？」

「そういえばあまり行きたいところってないな」

「欲がない」

「けっこうふらふら、色んなところに住みましたから」

柳原さんは奥さんと二人暮らしだ。自分の奥さんのことを「なつみさん」と呼ぶ。岡山で生まれ育った彼は高校卒業後、地元の定食屋で働き始め、近所の公務員と縁談がまとまりかけていたその店の一人娘に恋をした。それが、なつみさんだった。柳原さんは少ない給料の中から小銭を貯《た》め、仕事の休憩時間に小さな菓子を何度も贈って、口説いて、口説いて、ほとんど泣き落としに近い形でなつみさんの心を射止めた。けれど、縁談を潰し強引に娘をさらおうとする柳原さんを、なつみさんのご両親は許さなかった。数年後、市役所に婚姻届を提出した二人は手に手を取って町を出た。その日は、雨がずいぶん降っていたという。

「ロマンチック」

「どうだろう」

柳原さんは遠い記憶をたぐり寄せるように目を浮かせた。

「今は、もっと時間をかけて話し合えば良かったって思います。なつみさん、僕たちに子供が出来ないのは、両親がまだ僕たちをうらんでいるからだろうって、むかしはよく泣いてました」

人に言いにくい、湿ったことを分け合う時間は楽しかった。なにかお返しに秘密を一つ差し出したくなって、私は幼い頃に両親が離婚したことを打ち明けた。もう二十年以上も前の話で普段はまったく意識しないのに、「思春期の頃はずいぶん悩んで」などと口にした途端、まるでそれが今なお痛み続ける深刻な古傷であるかのような大げさな気分になった。大変でしたね、と柳原さんは菓子を渡すような声で言い、私はまるでお芝居の型のように、そんなことないです、と笑って首を振る。

午前四時、柳原さんは四十五分休憩に入る。レジを私と交代して事務所で軽食を取り、最後の十分で必ず外に煙草《たばこ》を吸いに行く。携帯灰皿を手にうすい煙を立てながら、彼はいつも朝焼けに染まる国道の彼方を眺めていた。

日が昇り、出勤してきた早番のスタッフと一緒に朝食を買いに来た通勤客の波を乗り越えてから退勤する。柳原さんは家で食べるのだろうおにぎりを二個買って、自転車にまたがって帰っていく。薄い背中を見送り、私も続いて店を出た。

私は母と二人で暮らしている。住んでいるのは二年前に母がローンを完済した建売りの一軒家で、私の職場からは私鉄で二駅の距離だ。電車のシートで携帯を開くと、母から『桃のアンニンドーフ買ってきて』とメールが入っていた。

駅前のコンビニでビールを買うついでに、母の好物である「ふるりん雪どけ桃杏仁《あんにん》豆腐」を三つまとめてかごへ放り込む。この杏仁豆腐はなぜかスーパーでは滅多に見かけず、近所でもこのコンビニでしか売られていない。冷蔵庫のストックがなくなるたび、彼女は私に『買ってきて』とねだる。

家に帰ると、台所のテーブルにはラップをかけた焼き魚とほうれん草のおひたし、ポテトサラダが並んでいた。コンロの鍋《なべ》には菜の花のお味噌汁《みそしる》が用意されている。私は杏仁豆腐とビールを冷蔵庫にしまい、シャワーを浴び、パジャマ姿で食卓へついた。冷えたビールをすすりながら母が作ってくれた朝食をとる。

食事を終え、氷を入れたマグカップを手に二階へ向かう途中で、母が寝室として使っている和室のふすまが半開きになっているのに気づいた。すき間からタオルケットが絡《から》まった青白いふくらはぎが見える。母は機械部品の貿易会社で働いている。数年前までは東アジアの自動車メーカーを担当して月に何度も海外出張をこなしていたが、ローン完済とほぼ同時に定年退職し、その後は経理方の嘱託社員として再雇用された。

「あんた、足は太いしぼーっとしてるし、牛だね、牛」

痩《や》せてスタイルの良い母は、いつもこんなことを言って笑いながら私のお尻《しり》をぱーんと叩く。憎らしいことも多いが、私が八歳の時に父と離婚して、それから女手一つで私と兄を育ててくれた気丈な人だ。

疲れたふくらはぎを見ているうちに、とうに過ぎ去った離婚のことをまるで憂鬱《ゆううつ》の源のように語ってしまったことを申し訳なく感じた。ふすまを閉じて二階の自室へ向かう。枕元《まくらもと》の芋焼酎《いもじょうちゅう》をマグカップへ注ぎ、ロクシタンのボディクリームで太ももをマッサージしながらゆっくりとあおる。頭の中で熱い渦が巻くのを待って、布団《ふとん》にもぐり込んだ。

私は今、二十八歳だ。電機メーカーに勤める六つ年上の兄は関西圏への異動をきっかけに、長年付き合っていた幼なじみと結婚して家を出た。兄が引っ越すことを告げた日、私はまだ大学生だった。母は口をへの字に曲げてこう言った。

「別にいいわよ、梨枝《りえ》がいるもの。女二人、楽しく暮らすわ」

母は気が強いわりにさみしがり屋で、一人になるのを嫌がる。父との離婚だけでなく、まだ私が幼い頃に産まれて間もない乳児の弟を病気で亡《な》くしたことも、何かしらの心の傷になっているのかもしれない。

兄が出て行ってしまった以上、私は母と一緒に残ったほうがいいのだろう。母親に似て癇《かん》が強く生まれた兄は思春期の頃から母に反発し、次第にそりが合わなくなっていった。だから、比較的彼女とうまくやれている私が残るのが穏当だ。そう思って、就職先も実家の通勤圏内で探した。県内に本社がある地域密着型のドラッグストア運営会社に内定をもらった晩、母は喜んで高価なワインを開けた。

肌からいい匂《にお》いがする。今はシアバターとローズのクリームを交互に使っている。ローズの方は、母が自分の分を買うついでに買ってくれたものだ。他にも服や化粧品など、なにかと母がプレゼントしてくれるものは多い。淡い薔薇《ばら》の香りに鼻を鳴らして目を閉じる。

なにも不満はない。仕事は順調だし、母も落ちついているし、実家暮らしのおかげで給料もちゃんと貯金出来ている。家に帰れば、いつも手の込んだ食事が私を待っている。私は最善の選択をした。母も、母の周りのおばさん達も、みんなそう言って誉《ほ》めてくれる。

けれど時々、子供の頃から眠り続けているこの部屋でまた目覚めなければならないことが無性に嫌になる。狭い穴の底にいる気分だ。同じ天井、同じ家具、同じ部屋の広さ。年を重ねて同級生の誰それが結婚した、転勤した、今は海外にいて、などの話を聞くたび、少しずつ穴の深さが増していく気がする。

ふと、真夜中の国道を流れる川へ足を差し込む想像が頭をかすめた。圧倒的な力に体をもっていかれる。手足がちぎれ飛ぶ鮮やかな痛みとともに、地上が遠ざかる。さぞ体は軽いだろう。けど、芋焼酎の酔いがすぐに夢想を打ち消した。穴底の柔らかい土をぐずりと掻《か》いて、眠る。

柳原さんが茶髪の若い女の子と手を繋《つな》いで繁華街を歩いていた、という噂《うわさ》は主婦アルバイトの中島さんから広まった。隣町の予備校に小学生の息子を迎えに行ったところ、ぺったりとくっついて飲み屋から出てくる二人を見かけたのだという。その日夜勤だった私は、来月の予算を先に組んでしまおうと早めに出勤して休憩室のパソコンで作業をしていた。すぐそばにロッカーから荷物をとりだして帰り支度をする主婦さんたちの輪が出来ている。

「愛妻家だと思ってたのに」

「一緒にいた女、そうとう年下だったんでしょう？　やだ気持ち悪い」

「あ、店長、シフトが一緒の時、なにか聞いたことあります？」

さあ、と首を振った。主婦さんたちは眉をひそめて話し合いながら、お疲れさまでした、と休憩室を去っていった。

その日も柳原さんはいつもと変わりない様子で出勤して、レジの合間に品出しや店の掃除をしていた。私は時々レジのフォローに回りつつ、入り口正面の売り場を花粉症対策からストレス対策に変更した。五月病、なんて言い方があるように五月は緊張やストレスから体調を崩す人が多い。頭痛や腹痛へ向けた鎮痛薬、下痢や便秘向けの整腸剤、安眠作用のあるハーブティやレンジで温めることの出来るアイマスク、アロマオイルや入浴剤などをバランス良く配置していく。最後に『眠れないときはコレ！』『水無しですぐに飲める！』などのポップをつけ、客が途切れるのを待って柳原さんに声をかけた。

「ちょっと見てもらって良いですか」

「はいはい。おお、いい感じじゃないですか」

「もっと詰め込んだ方が目立ちますかね」

「このくらいじゃないですか。詰めすぎても、商品が取りにくくなっちゃうし。アロマオイルはまたサンプルを出すんですか？」

「有野さんがおすすめの使用法をまとめたポップを作ってくれることになってるんで、明日それと一緒に出します」

手を止めてチェックしてくれたことにお礼を言うと、柳原さんは笑って首を振った。

「いや、こういうときに周りの意見を聞いてくれて、ありがたいですよ。ほら、他の店長だと、けっこう自分だけでなんでも決めちゃったり、頭ごなしだったり、あるじゃないですか。野坂《のさか》店長はそういうとこないから、いいですよね」

私はあいまいに頬をゆるめ、もう一度「どうも」とお礼を言った。

深夜零時、外でバイクの集う音がした。暴走族らしい十代の青年達が五、六人連れだって自動ドアをくぐり、カップ麺《めん》やサンドイッチを買い始める。そのうちの一人の顔色が悪い。入り口近くに佇《たたず》んだまま、青い顔をしている。どうしたのだろう、と腰を浮かしかけたところで、髪を金色に染めた角刈りの青年が近づいてきた。

「すんません、連れが腹痛いみたいなんですけど、なんかいい薬ないスか」

「お腹が痛いだけですか？　風邪気味とか、疲れてるとか」

「なんか、昼に食ったもんが悪かったかもっつってるんですけど」

食あたりだろうか。だんだん暖かくなってきたので、増えてくる時期だ。角刈りの青年は続ける。

「吐き気がするのと、下痢っぽいらしいので、とりあえず下痢止めとかあったら下さい」

「もし食あたりだとしたら、下痢止めは飲まない方がいいです。下痢や吐き気は、体が毒素を外に出したがっているから起こる反応なので。整腸剤ならご案内できますけど、むしろ、なるべく早く内科を受診してもらって下さい。もし急に具合が悪くなったら、隣町の夜間外来に行くか、救急車を呼ぶことも検討して」

角刈りの青年は喉《のど》の奥でうなり、リーダー格らしい背の高い青年と相談を始めた。病院だってよ、マジか、あいつんち保険料とか払ってんのかな、などと不穏な会話が聞こえる。結局、青年達は具合の悪い一人の背中を支えて駐車場で食事を始めた。とりあえず病院が開くまで時間を潰すらしい。角刈りの青年が具合の悪い青年にミネラルウォーターを飲ませていたので、私は常温のスポーツドリンクを倉庫から持ってきて、レジに代金を入れてから青年達に差し入れた。体を折るようにして腹を押さえた一人は、相変わらずまっ青な顔で車止めに座ってうつむいている。あ、や、すんませ、と他の青年がぎこちなくお礼じみたことを言いながらボトルを受け取る。誰も彼も眉毛は鋭く尖《とが》っていたけれど、あごの細さや頬骨の丸さが幼かった。

しばらくいるかと思ったのに、数分後、青年達はバイクでどこかへ去った。

「ありゃ」

吸い殻でも残されていないかと見に行ってくれた柳原さんが、声を上げる。行ってみると、駐車場の一角には吐瀉物《としゃぶつ》が広がっていた。その近くに、ガムの包み紙が転がっている。ゴミまで捨てて、といやな気分で拾い上げると、紙の真ん中には『すいません』とボールペンの小さな字が綴《つづ》られていた。

「こんなメモを残すぐらいなら、吐いちゃいました、って言った方が楽になるのに」

掃除なんて、ホースの水で近くの排水溝へ吐瀉物を流すだけだ。大したことではないし、別に怒らない。それに、こんな些細《ささい》なことが起こるたびに逃げていたのでは、どこにも居場所がなくなってしまうではないか。

苦い気持ちが顔に出ていたのか、柳原さんはとりなすように笑ってホースをとり、駐車場の端に設けられた蛇口の栓をひねった。

「なにかをしでかしたとき、ちゃんと謝れたことがないか、謝っても許された体験がないんでしょう。僕もね、この年になってもまだ、謝るのがそんなに得意でないほうです。やったあとに慌《あわ》てたり、つい逃げたくなったり。そういうのって、こう、本人たちがダメだってわかってても、なかなか変えられないものですよ」

それより、あの子たちちゃんと病院に行くと良いですね。呟きながら、柳原さんは丁寧に掃除を終えた。

それからしばらくの間、繁華街から流れてきたのだろう酔ったお客が次々と来店した。みんな決まったようにキャベジンやウコンの力をレジに持ってくる。店を出るなり開封し、あおりながら駅の方向へ歩いて行く。コンビニが周囲にないため、ドリンクやお菓子を買いに来た近所の住民もちらほら訪れる。二棚しかない雑誌コーナーの前では立ち読みが続いた。私は売上データをプリントアウトして店内を回った。よくはけている商品をチェックし、陳列の面積をもう少し増やそうかと悩む。在庫を確認すると、頭痛薬がずいぶん減っていた。どんな人が買っているのだろう、とレジが空くのを待って柳原さんへ近寄る。

「頭痛薬、すごいはけてる。レジでよく見ます？」

「けっこう見ますね。学生さんと、あと会社員がよく買っていきます。それと最近、若い女の人で、来るたびに買っていく人がいるんですよ。坂上さんたちはバファリン女って呼んでます」

「飲み癖がついちゃってるのかな」

「規定量を超えて服用しないでくださいねって確認したスタッフは、自分だけじゃなくて頭痛持ちの家族の分も買ってるんだって言われたそうです。どうなんですかね」

　頭痛薬を頻繁に摂取し続けると、それ自体が頭痛の原因になってしまうことがある。薬物乱用頭痛という。薬を飲むから頭が痛いのに、それに気づかず、痛みを取り除こうとまた薬を飲んでしまう。どんな薬もそうだが、飲み過ぎは体に良くないのだ。バファリン女。気に留めておいた方がいいかもしれない。

　次にお客がひいたのは、午前三時を回った直後だった。私は「混んできたら呼んで下さい」と柳原さんに声をかけ、店員用インカムのイアホンを耳に差し込んで休憩室へ引っ込んだ。書きかけだった来月の売上計画を本社に送らなければならない。今月の売り場の動向と来月に向けた変更点。売れ行きの良いカテゴリー、逆に想定よりも動きの弱いカテゴリーについてはその対策。一等地のプラン等々。いつも通りに項目をまとめ、上から下まで確認してメールに添付する。

送信ボタンを押そうとして、指先が氷へ触れたように冷たくなった。急に下腹部がきりきりと痛みだし、落ちつかずに添付したファイルを開き直す。今月の振り返りと来月の計画、だいじょうぶだ、ちゃんと具体的に書いている、他の社員や各担当スタッフにも確認が取れている、だいじょうぶだ、あってる。言い聞かせて、それでも文章の語尾を少しいじってからファイルを添付し直す。

もう一度送りかけて、やめて、とりあえずトイレに向かう。用を足しながら内容を振り返り、やっぱりだいじょうぶだ、とパソコンの前へ戻る。送信しかけて、ふと母の声が蘇《よみがえ》る。あんたは人より頭が悪いんだから、謙虚になりなさい。もうだいじょうぶと思ってももう一回確認しなさい。あまり覚えていないけれど、私はもの忘れの多い子供だったらしい。小学生の頃は母に叱《しか》られて靴の先を見ながら泣いていた記憶しかない。カーソルを添付ファイルに合わせてドキュメントを開く。一行目から最後の行までをなぞり直す。だいじょうぶだ、あってる。息を止めて送信ボタンをクリックした。「送信完了」の一文にため息が漏れる。

スタッフには「意見を汲《く》んでくれる優しい店長」と言ってもらえる。そうではないのだ。私は例えば自分が売り場を作ったときでも、なにか、なにか、わからないけれどもなにか致命的な失敗を実はしていて、例えばクレームや店内事故といった形でそれが背中から襲いかかってくるのではないかとこわくなってしまう。「店長のくせにこんなみっともない売り場を作って」などと陰でパートさんに笑われやしないかと震える。だからさりげなく周りに声をかけ、気さくな店長のフリをして確認してもらう。そのため、この書類のような誰にも「あってる」と確認してもらえない私個人の仕事は、仕上げるといつも不安で、濡《ぬ》れた綿のように疲弊した。

インカム越しに柳原さんから「三番お願いします」の声が入り、私はほっとした心地でパソコンの前から離れた。一番「レジ応援」二番「混んできたのでフロアに出て下さい」に続き、三番は「接客お願いします」の隠語だ。扉を開け、いらっしゃいませ、となにも考えていない完璧《かんぺき》な笑顔で「胃に優しい栄養ドリンクってどれですかね」と問い合わせてくるやつれたサラリーマンに返事をする。

明け方、一日の中で最も街が静まる時間帯になると、外を通るトラックの音が普段よりも大きく聞こえるようになる。急いでいるのか、ごう、とエンジンをふかした一台が地響きと共に店の前を通過した。

「はやい」

「はやいですね」

「あんなにはやいと、事故が起こりそうでこわい」

「道が暗いから。風景が流れるのが遅く見えて、ついスピードをあげたくなるんです」

まるで知ったように言うので、むかしトラックを運転してたんですか？　と聞いてみた。眠気覚ましの刺激グミを口に放り込み、柳原さんは軽く頷《うなず》いた。

「短い間でしたけど」

「いいですね、なんか男らしくて。演歌かけて、一匹狼《おおかみ》みたいな」

「気が弱くて、趣味は水彩画ですって同僚もいましたよ」

「柳原さんはどんなトラック運転手だったの」

「あまり目立たない、サービスエリアの食堂のすみでラーメンばかり食べてるトラック運転手でした」

レジのドロアーのお金をそろえる横顔は、いつも通りだった。若い女の子の影など微塵《みじん》もなく、何の変化もなく、淡々と万札を数えている。

「そういえば、夏に向けてダイエットしてるのか、ギムネマ茶とか杜仲茶《とちゅうちゃ》とかを買ってくＯＬさんもよく見かけますよ」

「あはは、私ね、足が太いっていつも母にバカにされるんです。杜仲茶、買っていこうかな」

「店長はちょうど良いくらいですよ。年頃なのに瘦せている人は、見ててなんだかさみしくなる」

柳原さんの声は朝方になるにつれて低くかすれ、甘くなっていく。

家に帰ると、寝ぼけまなこの母が通販で届いたばかりなのだというメロンを切っているところだった。

涼しく甘い果肉をほじくりながら、私は暴走族の子にゲロ吐かれちゃったよ、と笑いまじりに昨夜の騒動を伝え、母は子供の保育園の送り迎えをダシに周囲に仕事を押しつけまくっている部下の愚痴を呪《のろ》うように語った。

「あんた、言っとくけど、ああいうみっともない女になるんじゃないわよ」

メロンの果汁をすすりながら凄《すご》まれ、私はおとなしく「はい」と頷いた。母の言う「みっともない人間」は多岐にわたる。こちらが挨拶《あいさつ》をしても無愛想な隣人、電車で子供を泣かせている若い親、外まで喧嘩《けんか》の声を響かせる夫婦。スプーンを置き、メロン特有のとがった後味に舌を刺されて顔を上げると、台所の窓が洗ったような明るい日射《ひざ》しに染まっていた。

翌日、出勤予定の柳原さんはお店に来なかった。

携帯はつながらず、家に連絡すると「もう出勤した」と奥さんの困惑した声が返る。無断欠勤をする人だとは思えなかった。なにか事件にでも巻き込まれたのかもしれない。警察に連絡しますか？　と提案すると、奥さんは、もう少し様子を見ようと思います、と暗い調子で答えた。

隣町のキャバクラの女の子とどこかに行ってしまったらしい、という連絡が奥さんから入ったのは、さらに二日後のことだった。

ご迷惑をおかけして申し訳ありません、と夜に店を訪ねてくれた奥さんは休憩室で頭を下げた。年は四十代の前半ぐらいか。身だしなみの厳しい職業に就いているらしく、きちんとアイロンのかかった白いシャツに、ダークトーンのタイトスカートを合わせている。一日の勤務を終えてから来ただろうに、化粧崩れもしていない。濃く塗られた唇のはしに、常に糸で引っぱられているような緊張感があった。私は他のスタッフに席を外して貰《もら》い、彼女と向かい合った。

「柳原なつみさん」

「はい」

「柳原さんは、どこへ行ってしまったんでしょう」

「さあ。その女の子も、お店では何も言っていなかったようです」

私はふと、柳原さんの話を思い出した。出てきた地名は一つしかない。

「柳原さん、ご出身は岡山なんですよね。もしかして、なにかに行き詰まって一時的に故郷に帰ったとか」

なつみさんはまるで苦いものを噛《か》んだように顔をしかめた。一瞬、休憩室に沈黙が落ちる。

「夫は、東京生まれの東京育ちです」

言われた意味がわからない。私はよっぽど妙な顔をしていたのだろう。なつみさんは輪郭の濃い眉をひそめたまま、平板な口調で続けた。

「嘘《うそ》つきですから、あの人は」

柳原さんが女の子と逃げ出すのはこれで三度目なのだという。柳原さんは若い情緒の不安定な女の子と親密になるのが上手《うま》く、その場の感情を掻き立てる作り話をまるで竹筒に水を流すようななめらかさでしてしまう。そのうちに自分でつむいだ作り話にはまりこみ、女の子とお互いの憂鬱を舐《な》め合うようにして、ふらふらと家を出てしまうらしい。

「一度目は、冬の海に腰まで浸《つ》かっただけの中途半端《はんぱ》な心中未遂。二度目は、女の子だけが真剣に死にたがって、こわくなったらしく逃げ帰ってきました」

「じゃあ、今回も」

「そうですね、なにか、物語みたいなものに酔って、その場の勢いで飛び出したんでしょう。病気なんです。名前のつかない、治らない病気です」

なつみさんは淡々と続けた。ただ、次第に気が昂《たか》ぶってきたのか、黒目がちの目が鈍く輝き始める。

けど、あの人は必ず帰ってきます、と彼女は言い足した。

「どうしてそう思うんですか？」

「あんなに弱い人が生きて居られる場所なんて、私のそばしかないからです」

太く粘っこい、万有引力を信じるのに似た確信を帯びた口調だった。私はなつみさんの出で立《いた》ちを見直した。やっぱり、しっかりした雰囲気の人だ。こうして話す間にも背筋はきちんと伸び、言葉の歯切れも良い。骨太の足が少しむくんでいる。毎日ヒールを履いて、懸命に動き回っている証拠だ。こういう人が日々、日本の社会や経済を支えているのだろう。柳原さんのつむぐ、病を帯びた脆弱《ぜいじゃく》な夢物語とはほど遠い。

そうですか、と私は頷き、柳原さんの退職手続きを始めた。なつみさんは、始めから「柳原」の印鑑を用意してきていた。退職届に記入してもらい、印をもらって完了する。

シフトを、組み直さなければならない。

店の入り口までなつみさんを見送り、私は休憩室の壁に貼《は》った勤務表を眺めた。黒のサインペンで、柳原努《つとむ》の欄に長い長い横線を引いていきながら、思う。

なにが、嘘だったのだろう。なつみさんとのなれそめか、謝るのが得意でないことか、トラックの運転手をやっていたことか。なぐさめてくれたのも、嘘だったのだろうか。私と過ごした時間で、嘘でないことはあったのだろうか。

蜘蛛だ。蜘蛛の始末を付けられない人だ。きっと蜘蛛がつまめないのは、嘘ではなかった。蜘蛛一匹の始末も付けられないから、自分の始末も付けられないのか。それが、あの人の病だったのだろうか。

国道の彼方を見つめていた柳原さんの背中を思い出す。

きっと、私たちがありあまる夜の時間にすべきだったのは、あんな中途半端な仲良しごっこではなかったのだろう。柳原さんも、かわいそうな女の子たちと、もっともっと別の話が出来たらよかったのだ。

私も遠くへさらわれたい時がある、と打ち明ければ良かった。そうしたら彼も、やるせない本当の病の話をしてくれただろうか。日が昇るにつれて甘くかすれていく声を思い出しながら、私は店の入り口にパート募集の紙を貼りに行った。

2

その写真を持ってきたのは、母の茶飲み友だちの峰岸さんだった。

「感じのいい人でしょう。ほら、隣町のイオンの近くにおっきい茶畑があるの知ってる？　あそこのお茶農家の三男さんでね、郵便局に勤めてるの」

はあ、と鈍《にぶ》い相づちを打ちながら私は手の中の写真を見直した。卓球のラケットを手に、はにかんだ表情を浮かべている若い男の子。大学時代、卓球部に所属していた際に撮られた一枚なのだという。他にも飲み会でジョッキを手にしている写真や、職場の旅行で出かけたらしい温泉地でピースサインをしている写真が続く。少し気は弱そうだが茶目っ気があり、みんなにちょっかいをかけられるタイプの人に見えた。

「あの、お見合い写真って、もっと」

「いえね、今どき格式張るのもどうかと思ってね。とりあえず人柄の伝わるようなのを何枚か借りてきたのよ。どう？　会ってみない？　梨枝ちゃんと同い年だし、いろいろ条件もあうし、良いと思うのよ」

「条件って、むこうの？」

「お互いの家のよ」

「どれ、私にも見せて」

母が割り込んで来る。茶の湯飲みをローテーブルへ並べ、手にとった写真を一枚一枚舐めるように眺めていく。

「ちょっと頼りなさそうね」

「三男だから、それは仕方ないわよ。でも良い子よ。性格は明るいし、趣味はロードバイクだって」

「梨枝、ぼーっとしてないであんたも見なさい」

「お母さん、うちの条件ってなに？」

「ああ、栗羊羹《くりようかん》があったの。切ってくるからちょっと待っててね」

はたはたとスリッパを鳴らして母は台所にむかう。私はもう一度声をひそめて峰岸さんに聞いた。

「条件って、なんですか」

峰岸さんは薄い眉を寄せて苦く笑った。

「まあ、そんな、ねえ。そんな大層なことじゃないんだけど。やだ、紀子《のりこ》さん、梨枝ちゃんに言ってなかったのね。オムコよ、オムコ。お婿《むこ》さんに来てくれる人が良いなあって、紀子さんが前に言ってたから、そう、私が勝手に気を回したの。余計なことしてごめんなさいね。でも怒っちゃダメよ、親なんてそんなものなんだから」

怒っちゃダメなのは、母に対してだろうか。峰岸さんに対してだろうか。私はもう一度、はあ、とバカみたいな相づちを打ってテーブルの上に散らばる写真に目を落とした。見知らぬ男の人はにこにこと笑い続けている。母は台所からなかなか戻ってこない。

リビングに、峰岸さんの香水の匂いが濃く濃く残っている。まだ心の準備が出来ないからと、お茶農家の三男さんに会うのは保留にしてもらった。母は私の顔を見ずに皿や湯飲みを片付けている。

「勝手に決めないでよ」

「なんのこと?」

「その、ムコとか」

母はあきれ顔で私を見返し、さも重たげなため息をついた。

「あんたは世間知らずだからわかんないだろうけど、今のご時世、夫婦二人じゃ大変なのよ？　子供が生まれたらあんた仕事辞めるの？　保育園だって今じゃ滅多に子供を預けられないのよ？　お婿さんに来てもらえば、私も子育てを手伝えるし、共働きでずっとやっていけるじゃない。家もあるし、土地もあるし、なんの不満があるのよ」

「不満、とかじゃ、ないけど……」

確かに、会社の同期や大学の友人たちは、いつも仕事と家庭の両立に悩んでいる。母の言うことはもっともなのかもしれない。ただ、頭が追いつかない。

「そんな、私まだなにも考えてなかったのに」

「なに子供みたいなこと言ってるの。いい年して将来設計も出来てないなんて、みっともない」

「だって、同期はぜんぜん結婚してないもん」

「あんたね、芸能人みたいに顔が整ってるわけでもあるまいし、自分にどれだけ価値があると思ってるの。三十過ぎて焦《あせ》ったって、いい人なんかとっくに売り切れてるわよ。身の程を知りなさい」

母の言うことはいつも正しい。正しくて、なにも言えなくなってしまう。やっぱり私は牛みたいにぼーっとしていて、人より頭が悪いんだろうか。

「いいから、今回の人はちょっと頼りなさそうだからあれだけど、また良い人いたら紹介してもらうから。次は真面目《まじめ》に考えるのよ」

ぱん、とローテーブルを叩いて立ち上がり、母は台所へ入っていった。まるで、悪いことをしたのは私、みたいな終わり方だった。二階の部屋へあがり、扉を閉めた後にようやく気づく。そうだ、結婚が嫌だったわけではない。

「私の結婚はムコヨウシって、なんでもうお母さんが決めてるの」

けどこれも、口に出したら、返す言葉でやり込められそうで、言えなかった。

その日の夕飯はにらと白菜がたっぷり入った手作り餃子《ギョーザ》だった。喧嘩したばかりで癪《しゃく》だったけれど、好物だから残さず食べてしまった。底の焦《こ》げ目がかりかりしていて、嚙むと野菜の甘みがつまった濃厚な肉汁があふれる。好きなものを作ってくれたのは、少しはすまないと思ってくれたからだろうか。期待を込めて顔を上げると、母はさきほどのいざこざなど素知らぬ顔でテレビの浅草街歩き特集を眺めていた。

かまきりの雪《ゆき》ちゃんは、私にとってお姉ちゃんみたいな存在だ。

彼女は駅前の絹川《きぬかわ》歯科の一人娘だ。私の母が虫歯治療に訪れた際、歯科助手をしていた雪ちゃんのママと仲良くなったことから子供を交えた付き合いが始まった。仕事が忙しいときには子供を預かり合おう、という母親同士の協定が結ばれ、幼い頃、私は気がつけば雪ちゃんの家に居たし、雪ちゃんがうちのリビングでうたたねをしているのもめずらしい光景ではなかった。私は雪ちゃんの家に行くのが好きだった。歯医者さんの薬剤の匂いは物珍しく、受付の女性は私を「お嬢さんのお友だち」と呼んで、よく飴《あめ》をくれた。なにより、雪ちゃんの家はお金持ちだった。歯科が夜八時まで診療していたせいもあるだろうが、夕飯にはいつもピザや中華料理などの出前をデザート付きで取ってもらえた。普段母の手料理ばかり食べている私にとって、時々お邪魔する雪ちゃんの家の豪華な夕飯は、思い出すだけでつばが湧《わ》き出るような楽しみの一つだった。

　雪ちゃんは私よりも四つ年上で、見ていて胸騒ぎがするぐらい色が白く、肌のきめが細かい。生まれたときから体内の粘膜が弱かったらしい。皮膚も過敏で、外に出るたび腕や首筋をそこらの植物でかぶれさせていた。痩せていて、手足は棒のようにすとんと均一に細く、少し走っただけですぐに熱を出す。だけど、雪ちゃんは強い。噂で聞いた伝説が一つある。

むかしむかし、まだ私がおむつをつけてあぶあぶ言っていた頃。雪ちゃんは無口で

しっていた。

とてもおとなしい、おひなさまのように可愛《かわい》い園児だったらしい。すぐに日射病になってしまうため、夏場のお遊戯の時間には決まって園庭のすみっこで膝《ひざ》を抱えて見学していた。

ある日、一人の男子園児が木陰で膝を抱えていた雪ちゃんをからかった。髪を引っぱられ、「さぼっててていいんですかー」などとはやされた彼女は、そばの茂みから大人の手のひらほどの大きさのかまきりをつかみ出し、おもむろにその子のTシャツの中へねじこんだ。男の子はかまきりにお腹《なか》を噛まれて泣きわめき、その日から雪ちゃんをからかう男子は一人もいなくなった。

「そんなことがあったから、学校でもお母さん達の間でも『かまきりの雪ちゃん』って呼ばれてるのよ」

かまきりの由来をはじめて母から聞いたとき、私は武勇伝の中の雪ちゃんと同じ五歳になっていた。もちろん、かまきりなんてこわくて触れない。その話を聞いて、私はいっぺんに雪ちゃんを尊敬した。

蟬《せみ》がうるさく鳴く夏だった。雪ちゃんの家の二階でカーペットに腹ばいになりながらお絵かきをしている最中に、かまきり？　と問いかけると、小学三年生の雪ちゃんはあからさまにいやな顔をした。

「その話、夏になると毎年言われるの。みんなしつこい」

「でも、かまきり平気なのかっこいい」

「あんなの全然こわくないよ」

いま思えば、幼い頃から重い喘息《ぜんそく》の発作で入退院を繰り返していた雪ちゃんは、かまきりに噛まれるよりもずっとこわい体験を既に何度もくぐり抜けていたのだろう。

体を動かすのが苦手な雪ちゃんに合わせ、私たちの遊びはもっぱら室内のものに限られた。おはじき、塗り絵、トランプ、人形遊び。あまり言葉を交わさず、寝っ転がってだらだらと遊ぶうちに、たいてい雪ちゃんは寝息を立てて眠ってしまう。学校に行って帰るだけでも、彼女の体力では辛《つら》いものがあったのかもしれない。一緒にいるのに寝ちゃうなんて、とはじめはすごくびっくりした。けれど、眠る彼女に慣れてくると、今度は雪ちゃんが目をつむるたび、狭い四畳半が卵の殻に包まれたように閉じていくのを感じた。日射しに染まったカーテンがふわりと揺らぐ。誰かと居るのに、一人になる。それは不思議な感覚だった。畳へくたりと投げ出された温かい体。

ふと、私は外から聞こえてくる市民プールの歓声にひかれて塗り絵をやめた。畳に手をついて、窓から外を見ようと体を起こす。

少し湿った温かい指が、そっと私の手首へからんだ。

雪ちゃんだった。雪ちゃんは寝っ転がったまま、うすく笑って目を開いていた。どこか悲しげな、大人びた顔をしている。汗に湿った真っ白い肌から、オレンジみたいな甘酸《あまず》っぱい匂いが立ちのぼってくる。

いっちゃだめ、と小さな唇がささやいた。

そんな風に誰かに引き止められたのは初めてだった。おもわず畳へ膝を落とし、私は塗り絵を再開した。絵に集中しているフリをしながらそっと横目で雪ちゃんをうかがうと、彼女は先ほどの表情が嘘だったかのように、真っ白な頬へまつげの影を落として眠っていた。クレヨンを置き、雪ちゃんの痩せた背中におでこを押しつけながら、お姉ちゃんがいたらこんな感じだったのだろうかと何度も思った。

いまでは、本当のお姉ちゃんだ。

義理の。

オムコをとらされそうだよ、と訴えると、電話口の雪ちゃんは大きな声で笑った。

『前時代的ね』

「笑い事じゃないよ！」

『まあ、紀子さんもさみしいんだろうね。必要とされたいんだよ』

「そんなこと言われたってさあ」

『でも、梨枝が家に残るっていうのは、そういう意味じゃなかったんだ』

「え？」

焼酎に浮かんだ氷を見ながら、家に残ろうと思った日をたぐり寄せる。

兄が出て行った日、母は滅多に訪れない兄の部屋の入り口にぼうっと立ち尽くしていた。漫画やゲームやビールの空き缶で足の踏み場もないほど散らかっていた六畳間はきちんと整頓《せいとん》され、臭くて汚い布団はクリーニングから戻ってきた状態のままベッドのマットレスに乗せられている。窓辺には虫や小鳥用の空っぽの飼育箱がいくつも積み上げられていた。兄は思春期の頃、色んな生き物を飼っていた。カブトムシ、かまきり、蜘蛛《くも》、スナネズミ、羽を傷《いた》めたすずめ、文鳥、色鮮やかなトカゲとカエル。みんな気づけば兄と同様にどこかへ行った。

なんであの子は出てっちゃったのかしら。

ぽかんと呟《つぶや》く母の背中を見ながら、かわいそうだと思った。

「うちの母さん、苦労ばっかしてたし、兄ちゃんが出て行った直後もすごいしょげてたから、一人にするの、かわいそうになって」

だからなんとなく、残る、と言ってしまったのだ。回線のむこうで、雪ちゃんの声が苦笑いに湿る。

『かわいそうだから、優しくしようと思ったのね』

「うん、そう、かな」

『でもそれ、その後はどうするつもりだったの』

「……よくわかんない」

『ちゃんと考えなきゃダメよ』

母にも雪ちゃんにも「考えなさい」と言われてしまい、私は少し落ち込んだ。それから雪ちゃんは、六ヶ月になって胎児がしきりにお腹の壁を叩《たた》くことを語った。

『もう、おっきいの。ぱんぱん。四六時中あっついお湯を抱いてるみたい』

「へえ、すごいなあ。雪ちゃん細いから、お腹がふくらんでるの想像できない」

『もうね、エイリアンよエイリアン。お風呂《ふろ》上がりに鏡で見るたび、自分の体なのにびっくりするもの。こんなに皮膚って伸びちゃってだいじょうぶなの！　って』

「あはは」

『啓《けい》ちゃんが大きい人だからね、子供も大きいみたい』

「名前決めた？」

『決めた決めた』

他愛《たわい》もない話を重ねながら、頭の隅でずっと考えていた。雪ちゃんの声の背後に、扉の開く音が差し込まれる。足音と、雪ちゃんを呼ぶ声。兄が帰ってきたのだろう。

『啓ちゃん帰ってきた。じゃ、またかけるね』

「雪ちゃん」

『ん？』

「私、母さんがいつか、私のことはもういいわよって言ってくれると思ってたのかもしれない」

言いながら、口当たりのいい文脈に頭の芯《しん》が甘く痺《しび》れた。そうだ、きっとそうなのだ。雪ちゃんは一瞬口をつぐみ、そういうことってあるわ、と静かに言った。

週明けから新しいアルバイトが入ることになった。三葉《みつば》くん。近くの大学に通っている二十歳の男の子だ。ずいぶん目つきのはっきりした子だな、と面接の時にまず思った。少し目尻の上がった、黒目がちの目がよく光っている。目もとの印象はぎらぎらと鋭いのに、薄い唇はかすかに口角が上がっていて、どことなく口達者な印象を受けた。大学では水泳部に所属しているらしい。声が明るく、受け答えもしっかりしているし、何より夜勤に積極的に入りたいと言ってくれたので採用した。柳原さんの抜けたシフトをちょうど埋めてくれて、ありがたい。

応募の動機を聞くと、お金を貯《た》めて買いたいものがあるのだという。

「なにがほしいの？」

「絵です」

「絵？」

「もう死んじゃった画家の絵で、きれいなんです。こないだレプリカが二十万で売られてるのを見つけて。二十万、貯めたいなあって」

「ふーん、どんな絵？」

「ちょっと照れくさいんで内緒です」

冷蔵棚にドリンクの補充を済ませ、三葉くんは笑いながらガラス戸を閉めた。

休憩室で新しいシフトを組んでいたら、学生アルバイトの美香ちゃんがそばに寄ってきた。彼女は高校三年生で、金曜と土曜の夕方だけレジに入ってもらっている。つやつやの肌や髪からいつもキャンディみたいな甘い香りがする。綺麗《きれい》に上向いたつけまつげをぱたぱたさせて、横からシフト表を覗《のぞ》き込んだ。

「新しい男の人、どこに入るんですか？」

「基本は夜勤だよ。お金貯めたいんだって」

「ふーん……」

ピンク色の唇を不満げにとがらせ、美香ちゃんはレジに戻った。

美香ちゃんだけじゃなかった。主婦さんたちもフリーターの女の子も、三葉くんが来てからはそわそわと浮き足立ち、いつもより声が高くなっている気がする。思えば、若い男の子、というのは久しぶりかもしれない。

お客の少ない火曜の夜に、夜勤を除くスタッフで三葉くんの歓迎会を開いた。うちの店には現在十五人ほどのスタッフが居る。私を含めて社員は三人で、残りはみんなパートかアルバイトだ。一次会は串《くし》揚げの居酒屋で、二次会はカラオケに流れた。誰かが間違えて注文したらしいジントニックを飲もうとする手を叩くと、美香ちゃんはまた唇をかわいらしくとがらせた。

「かたーい。うちらのクラスじゃ、もうみんなカラオケでお酒飲んでオールとかやってるのに」

「だーめ。ここで飲ませたら私の責任になるんだから」

「店長いつもこんなんなの。つまんないでしょう」

美香ちゃんが隣に座る三葉くんに顔を向ける。そういえば一次会でもそばに座っていた。三葉くんはビール片手にへらへらと笑いながら、そうですねえ、まあいいんじゃないすか、とまったく心のこもっていない相づちを返した。すぐに酔った男性スタッフから「ＡＫＢ歌うぞ！」と引っ張り出され、適当な振りつけ付きで歌い始める。あんまり人の話を聞かないタイプに見えるが、美香ちゃんは曲が終わるごとに一生懸命話しかけていた。

未成年が数人いるため、二十二時には解散にした。飲み足りないスタッフは勝手に三次会に流れるだろう。もともとあまり飲み会は得意でないため、私も二次会で帰ることにした。三次会に行くメンバーの社員に一万円を渡して後のことを頼み、他のスタッフをＪＲの最寄り駅まで送る。私だけ私鉄を使っているため、そこから更に十分ほど歩くことになる。

「店長さん、家どこなの」

軽い足音がすると思ったら、伸びきったカーディガンの裾《すそ》をはためかせながら三葉くんが後ろから駆け寄ってきた。

「三次会に行ったんじゃなかったの？」

「朝からコンビニのバイト入れてたの忘れてて、抜けてきました。店に寄って、自転車拾って帰ります」

「酔ってない？　自転車だいじょうぶ？」

「はは、センセイみてえ」

三葉くんはおかしそうに喉を鳴らした。なにか言い方が変だっただろうか。でも、社員がバイトの心配をするのは普通のことだろう。

店と私鉄の駅の分かれ道で、三葉くんは立ち止まった。ジーンズの尻《しり》ポケットからスマホを取り出す。

「店長ケイタイ教えて」

「休みの連絡は店に入れるようにして。社員で共有するから」

「そういうんじゃなくて、お近づきになりたいの」

なんで？　と思わず聞き返してしまった。なんで肌のすべすべした二十歳の男の子が、私みたいな足の太い、八歳も年上の女のメールアドレスを聞くんだろう。そもそも社員は仕事とプライベートを分けるため、あまりスタッフと個人の連絡先を交換しない。特に学生などの若いスタッフは番号を交換してしまうと、本来は対面で話し合いたいシフトの交渉や仕事の相談までも電話で済ませようとする傾向がある。三葉くんは、ふは、と口の中の空気を吐き出すようにして笑った。どことなく、この子の挙動や目の動かし方には、人を笑う冷たさが染《し》みついている気がする。

「店長、あんまりモテないでしょう」

「……ほっといてください」

「メールとかしたいだけ」

本当はもう一度、なんで、と聞きたかった。だけど、またモテないでしょうと言われる気がしてやめた。携帯電話を取りだし、赤外線通信でアドレスを交換する。

「野坂梨枝さん」

画面に表示されたのだろう私の名前を、三葉くんはしげしげと見つめた。口になじませるよう、りえさん、ともう一度呟く。

「俺、陽平《ようへい》っていいます」

「知ってます。履歴書にあったから」

「梨枝さんばいばい。また明日」

薄い手のひらをひらひらと揺らし、月明かりに青く照らされながら、三葉くんは店の方向へ歩いて行った。


翌日、私は夕方から倉庫で在庫整理を始めた。近隣店舗で積み上げていたドリンクが崩れてスタッフが怪我《けが》をする事故が発生し、そこから全店に「倉庫点検」の指示が出された。店長みずから倉庫の整理を行い、写真に撮って本社に報告すると同時に「この状態を維持するように」とスタッフへの指導を徹底する。うちの店はコンビニ代わりに来店するお客さんが多いため、ドリンク類の在庫は特に多い。汗だくになりながら箱を積み直し、他にもキッチン用品や洗剤類など、重くて怪我に繋《つな》がりかねないものが落ちやすい位置に積まれていないか確認する。通路よし、天井から三十センチ確保よし、火災報知器に触れていないこと、よし。

誰かチェックしてくれないものかと休憩室を覗くと、ちょうど横田さんが帰り支度をしているところだった。彼は私より四つ年上で、高校卒業後パートから準社員、準社員から社員へと昇格を重ね、今は副店長をしている。パート当時からこの店に勤めている一番の古株で、私が赴任してきた時には地域の特徴やこの店独特のルールなど、様々なことを教えてもらった。

ちょっといいですか、と声をかけると横田さんは気だるげにこちらを振り返った。

「なんでしょう」

「朝に来てたドリンク事故の件で倉庫整理したんですけど、チェックしてもらいたくて」

「わかりました」

にこりともしない。骨太で上背があり、頬骨の張った顔はいつも無表情だ。そういう人なのかと思ったら、他のスタッフには頼れる兄貴分といった気さくな雰囲気で接しているので、単純に年下の上司である私のことがあまり好きではないのかもしれない。横田さんは一緒に倉庫を見て回り、「いいんじゃないですか」と素っ気なく言った。私は彼にお礼を言って、本社に送る写真をデジカメで撮った。背後から、静かな声がかかる。

「そろそろ、慣れませんか」

「え」

「いやだから。赴任してきて、だいぶ経《た》つでしょう」

「だいぶ慣れたと思います。その節はお世話になりました」

「いやだからね、俺のチェックとか、いい加減いらないでしょう。入店直後のアルバイトじゃないんだから」

私は口をつぐんだ。別に、店に慣れないからチェックをしてもらいたいわけではない。でも、自分でもよくわからない「誰かにチェックしてもらわなければ落ち着かない」という感覚をどう説明したものか。悩むうちに、横田さんは「まあ、どうでもいいですけど」と放り出すように言って倉庫を出て行った。その背中へ、すみません、と慌《あわ》てて声をかける。怒らせてしまった。そうか、やっぱりよくないのか。二重チェック、ミスの防止にもなるしそのくらい別にいいじゃないと思っていたけれど、私が間違っていたか。

呆然《ぼうぜん》と倉庫の壁を見つめていると、耳へ突っ込んだままにしていたイアホンがじじ、と音を立てた。

『店長、バファリン女です』

レジに入っている有野さんがインカムを通じて話しかけてくる。有野さんは二十二歳のパートさんで、茶色く染めた髪をふんわりとしたボブにまとめている。夜には駅前のスナックでアルバイトをしているらしい。私は倉庫からフロアへと移動した。後ろ手に扉を閉めるのとほとんど同時に入り口の自動ドアが開き、いらっしゃいませ、と有野さんの明るい声が響いた。

やってきたのは私と同年代だろう細身の女だった。シャーベットカラーの春物のワンピースを颯爽《さっそう》と着こなしている。目鼻立ちのくっきりした華のある顔で、目元に艶《つや》っぽい泣きぼくろがある。私はさりげなく棚の陰へと回り、女の挙動を見守った。

女は洗顔料を一本手に取ると続いて美容コーナーでリップスティックを吟味し、最後に店内を大雑把に歩き回って、大して見もしないままバファリンを一箱さっと手に取った。レジで会計を済ませ、夜の町へ消えていく。

『ばっふぁりーん』と有野さんがインカムで呟く。私もマイクのスイッチを入れた。

『あの人、だいたい週に一、二回かな、そんなに頻繁に来るわけじゃないんですけど、雰囲気からして目立つでしょう。なに買っても、ついでにバファリン。シャンプー買っても化粧水買ってもバファリン。スタッフもみんな覚えちゃいました』

『きれいな人なのに、大変だね』

『ビタミン剤かなんかと間違えてんじゃないですかね』

いらっしゃいませ、と有野さんは次のお客へ微笑《ほほえ》みかける。私も本社に倉庫に関する報告を送るため、パソコンの前へ向かった。

次に女を見たのは翌週末の夜勤の時だった。店には私と三葉くんがいた。入店から二週間が経ち、三葉くんはだいぶ勤務に慣れてきた。レジも品出しも一人で出来るようになったし、店のメンバーにもなじんだようで、休憩時間には何人かで輪になってジュースを賭《か》けたトランプゲームに興じている。

二十三時を回った頃、バファリン女が来店した。ヒールをカツカツ鳴らしながら早足で店内を一巡りし、アロエヨーグルトとぶどうパンと生理用品と、やっぱりバファリンをカゴへ放り込む。あいかわらず表情は固い。かつてスタッフに注意を受けたことを気にしているのだろうか。話しかけるな、とばかりに雰囲気をぴりぴりとさざくれ立たせ、周囲と目を合わさないようにしている。

「お客さま」

細い背中へ声をかける。彼女はまるでなにも聞こえなかったかのようにするりと私を無視した。お客さま、と三度目の呼びかけで眉《まゆ》をつり上げて振り返る。

「なに、疲れてるの。イライラさせないで」

「お客さま、いつもそちらの薬をご購入頂いているようですが」

「頭痛持ちなの、家族で。生理痛も重いし」

「お客さまもご家族の方も、二週間以上服用を続けているようでしたら念のため一度病院に」

「あなたに関係ないでしょう。忙しすぎてなかなか行けないの。仕事休んでクビになったら責任取ってくれるの？　放っておいて」

頬を打つような調子で言い放ち、女はレジ台へカゴを置いた。三葉くんが無言でちらりとこちらを見る。私は頷き、女へ浅く頭を下げた。

「失礼いたしました。ただ、痛みが継続するようでしたら市販薬に頼らず、まずは診察を受けて頂きたく思いますので、どうぞよろしくお願いいたします」

「うるさいなあ。はいはい、わかりました」

一度睨《にら》む目線を外すと、もう私達と目を合わせるのが不快だとばかりに顔を上げない。会計を終え、店を出ていく彼女を見送った三葉くんは、今のおねーさんすっげぇ美人でしたね、と声を弾ませた。

「でも、ビョーキだ」

三葉くんの声からも、笑い方からも、またひやりと冷たいものを感じた。ビョーキ。声の響きは、例えば美香ちゃんが休憩室でバファリン女の噂《うわさ》を聞きながら、半笑いで「キモい」と言っていたのに似ている。けど、容赦のなさは三葉くんの方が数段上だ。若いスタッフには、たまにそういう子がいる。やたらと他人に対する冷笑の度合いが強いのだ。近いものを感じるからこそ、美香ちゃんは三葉くんに惹《ひ》かれているのだろうか。

なんだかこわい。この子は、例えば私が実家住まいであること、母と喧嘩が出来ないことを知ったら、恐らくバファリン女を切り捨てたのと同じ鋭さで「よわっちい」とあざ笑うのではないだろうか。離乳食の棚を整えながら「よわっちい」と誰にも聞こえないよう呟いてみる。みぞおちの辺りがぎゅっとしぼられたように痛んだ。

日が昇り、出勤してきた早番に引き継ぎを済ませて帰り支度をしている途中で、スポーツバッグを体に回した三葉くんから声をかけられた。

「店長、朝めし一緒に食いませんか」

母が朝ごはんを作って待っている、という言葉が喉《のど》につかえた。面接の時にわかったことだが、三葉くんは近所のアパートで一人暮らしをしている。急に、この年下の男の子に、私が実家暮らしであることを知られるのが恥ずかしくなった。ぎこちなく頷《うなず》き、薄い背中に続いて店を出る。早朝の町はまばゆく、空気がしっとりと水気を含んでいた。橙色《だいだいいろ》のカーディガンの裾を揺らし、自転車を引く三葉くんが半歩先を歩く。

「眩《まぶ》しいですね。目が痛いや」

「よく晴れてるから、今日は日焼け止めがはけそうだね。昨日のうちに売り場を作っといてよかった」

「ようやく終わったのに、仕事の話はやめましょうよ」

二十分ほど歩いた先のコンビニへ入り、三葉くんは真っ先におにぎりの棚へ向かった。ざっと商品を見回して、すぐにツナマヨネーズと塩鮭《しおざけ》のおにぎりを手に取る。私は少し迷って塩昆布のおにぎりを選んだ。手元を見ていた三葉くんが、唐突に「塩昆布のおにぎり買う人はじめて見た」と呟く。

「そうなの？」

「塩昆布と海苔《のり》って、海藻じゃないですか」

「そうだね」

「ただでさえおにぎりは海藻でくるまれてんのに、具まで海藻って、なんか損した気になりません？」

「なりません。昆布は体に良いんだよ」

「あ、なんか今のまたセンセイっぽい」

なにがおかしいのか、三葉くんはまた肩を揺らす。どうやら私が堅物めいたことを言うと、妙な笑いのツボにはまるらしい。

自分のおにぎりの他、パックのお茶とインスタントのあさりの味噌汁《みそしる》をそれぞれ二つずつカゴに放り込み、三葉くんは私の塩昆布のおにぎりをひょいと取り上げてレジへ持って行く。

「誘ったの俺なんで、おごらせてください」

「え、そんな、いいよ」

「いーです、いーです」

止める間もなく、ジーンズの尻ポケットから薄い財布を取り出して会計を済ませてしまう。私は中途半端に浮かせた手を下ろした。味噌汁の包装を剝《は》がし、レジ横のポットでお湯をもらって店を出る。どこへ向かうのだろうと思ったら、彼はぐるりと周囲を見回して近くの公園へ足を向けた。

　葉桜の真下のベンチで二人並んで食事をとった。海苔がぱりぱりしているおにぎりを噛みながら、変な気分になる。なんで私は、八歳も年の離れた男の子と早朝の公園で朝ごはんを食べているのだろう。というか、家に帰ったらまた母の作った朝ごはんを食べなければならないのだから、コンビニで買うのはヨーグルトかなにかにしておけばよかった。三葉くんにつられて、ついおにぎりを買ってしまった。この辺が母の言う、「牛みたいにぼーっとしていて頭の悪い」ところなのかもしれない。

「海藻ばっかのおにぎり、うまいですか」

　あっという間に二個のおにぎりを食べ終えた三葉くんが人なつこい顔で聞いてくる。この子は笑っているときよりも、無表情でいるときの方が柔らかい顔をしている。私は少し考えて、まだかじっていないおにぎりの底の部分を三葉くんへ向けて差しだした。

「味見に、かじっていいよ」

「え、いいんですか」

「どうせ自分じゃ買わないでしょう」

「梨枝さん、一個しかないのに少なくなっちゃう」

「いいよ、家にまだ食べるものあるから」

三葉くんは食べかけのおにぎりを手にしばらく迷った後、ぱり、とおにぎりの底をかじった。

「ちゃんと具まで届いた？　もっと食べていいよ」

「大丈夫です。――あ、わりとうまい」

男性というよりも男の子という印象で、性の生ぐさみから遠く感じる彼と食べかけを分けてもなんとも思わなかったけれど、思いがけず照れくさそうな横顔を見ているうちに、彼に近い方の二の腕がくすぐったくなった。返してもらった歯形の付いたおにぎりを急ぎ気味に食べきる。かわいいところもあるんだな、と思う。かわいいのに、ひやりとする。そんなかけ離れたものが一人のなかで混ざり合うこともあるのか。

「三葉くん、夜に、バファリン買ってった女の人のこと覚えてる？」

「覚えてますよ。あの人、バファリン女でしょう。噂の」

「あの人のこと、どうしてビョーキって思ったの？」

「なんか気に障《さわ》りました？」

大きな黒目がこちらを向き、私は慌てて首を振った。真《ま》っ直《す》ぐに見られると、やっぱり「ひやり」が背筋を這《は》い上がる。なぜバファリン女の話をしているのに、私がおびえなければならないのだろう。

「あの人、俺や梨枝さんとぜんぜん目ぇ合わせなかったじゃないですか」

「そうだね」

「ホントに家族と一緒に飲んでるだけなのかもしれないけどさ。そうじゃなかったとしても、頭が痛いとか、なんか不安で薬が手放せないとか、そんなんぜんぜん変なことじゃないのに。あんな風にキリキリして、人の目がこわくなっちゃってんのが、ビョーキだなあって思いました。頭ん中に、自分を責める化け物みたいなもんが出来ちゃってんだと思う」

私は、え、と聞き返した。

「恥ずかしがることが変なの？」

「梨枝さん、風邪ひいたら恥ずかしいって思う？」

「……思わない」

「恥ずかしがるより、ちゃんと休んで、やばかったら助けを求めろって感じでしょう。余計なこと考えてるから、どんどん膿《う》んでくんですよ」

そう、だろうか。風邪は恥ずかしくなくても、私には恥ずかしいと思うこと、他の人に助けを求められないことがいっぱいある。実家を出たことがないことも、母と喧嘩が出来ないことも、人に言うのは恥ずかしい。三十を前に処女であることも、同期の中でも売上規模の小さなぱっとしない店ばかり任されていることも、ぜったいにスタッフには言えない。他にも、都心の有名企業で格好良く働いている同級生と会えば「恥ずかしい」と思うし、もう結婚して子供を産んでいる人、親族の介護をやっている人、私よりもずっと苦労をしている人に会っても、うっすらと恥ずかしくなる。ついこのあいだ、母にも「あんたみたいに将来を考えていないのは恥ずかしい」と言われたばかりだ。だから、例えば心の弱さから病気になったり、あのバファリン女のように特定の薬が手放せなくなったりしたら、それも恥ずかしく思うだろう。お前は弱い、いい歳《とし》して自己管理が出来ていない、みっともない、と笑われる気がして、おびえるだろう。

今、私の目の前でパックのお茶を飲んでいる痩《や》せた男の子。この子のことを、冷笑的で、意地の悪い人だと思い続けてきた。そうではなく、ただ、異星人のように根の考え方が違うのだ。この子の中には、「恥ずかしい」がない。三葉くんと話しながら、私ははじめて、自分のことをずいぶんたくさん「恥ずかしい」と思っていたことに気づいた。

「三葉くんは、たくましいね」

「梨枝さんはちょっとぼーっとしてるよな。よくドリンクの箱につまずいてるし」

ゴミをまとめたレジ袋を公園のくずかごへ放り、眠い、と彼は目をこすった。その日はそれで解散になった。

家に帰ると、台所のテーブルにはいつも通り、手の込んだ朝ごはんが用意されていた。ひじきの煮物、さばの塩焼き、わかめごはん。味噌汁の小鍋《こなべ》を覗いて暗澹《あんたん》とした。なめことニラの味噌汁。私はなめこがきらいだ。けど、食事を残すと母は怒る。「いい歳をしてみっともない」と叱《しか》られてしまう。きらいなおかずを出したとき、母はことさら念入りに台所のゴミ箱や三角コーナーをチェックする。私は息を止めてなめこの味噌汁の水分を飲みきり、残ったなめこをコンビニの袋に入れた。食べきれなかったごはんもそこへ放り込み、袋の口を閉じ、明日の出勤時にまとめて外で捨てることにする。皿を洗って二階へ上がった。

夜九時。風呂上がりに髪を乾かしていると、三葉くんからメールが届いた。

『また、夜勤の時は朝飯いっしょに食べませんか』

私は携帯を閉じ、一階へ向かった。母は扉を開けたまま床に膝をつき、トイレの壁をふいていた。

「これからしばらく、夜勤明けは朝ごはんいらない。お店の子と食べてくるから」

母は作業の手を止め、呆《あき》れた顔でため息をついた。

「食べてくるって、朝じゃぜんぜんお店も開いてないでしょう。なに食べるのよ」

「コンビニのおにぎりとか、ファミレスでもいいし、なんでもあるよ」

「ダメよ。ああいうのは添加物がものすごいんだから。野菜も取れないし……どうしてもっていうなら、お弁当作ってあげるから、それ持って行きなさい」

「いらない。だいじょうぶ、サラダとか買うようにする」

「ちょっと待ちなさい、梨枝！」

「明日、早いから。もう寝るね」

まだ母は私を呼んでいる。私は急いで二階に上がり、電気を消して布団《ふとん》にくるまった。母が来たらどうしよう、と痛いくらいに弾む左胸を押さえる。学生時代はよく部屋へ逃げても追いかけてきて、布団を剥いで怒鳴り散らされた。けど、幸い母は二階へ上がってこなかった。

鍵《かぎ》がほしいな、と思った。部屋の鍵。

どうして、母を「かわいそう」と思ったままでいられないのだろう。

次の夜勤明け、三葉くんはコンビニには寄らず、店からそのまま公園へ向かった。ベンチに腰かけ、スポーツバッグから紙袋を取り出す。

「梨枝さん、みょうがへいき？」

紙袋からは、銀紙に包まれたおにぎりが出てきた。中身は鮭とみょうがの炊きこみご飯だった。

「すごい、自分で作ったの？」

「こないだ百均で土鍋買って。いろいろ遊んでるんです」

お焦げの付いたおにぎりは味が濃くておいしかった。高血圧に気をつけている母の味つけとはだいぶ違った。すごいね、おいしくていくらでも食べられちゃいそう、と思ったことをそのまま告げると、三葉くんはイエ、と伏し目がちに口ごもって顔をそらす。夜中によく見かける暴走族の男の子達を思い出した。米粒一つ残さず食べきって、次回は私がおごるから、と約束して別れた。

家に帰ると、台所のテーブルにはいつもと変わらず朝食が用意されていた。蒸し豚にたたき梅を和《あ》えたもの、いんげんのごま和え、葱《ねぎ》とわかめのお味噌汁と白いごはん。母はもう仕事に出かけている。私はお腹がいっぱいだった。おにぎりでふくれた下腹を撫《な》でて途方に暮れる。なんで母は、私の言うことをまともに取り合ってくれないのだろう。

もしかして私が書き間違えたのか、とシフトを書き込んであるリビングの壁掛けカレンダーを確認する。早番は「早」、中番は「中」、夜勤は「夜」で、休みを示す日には赤いマル。「ちゃんと書いてくれないとわからないでしょう。ごはん作る都合もあるし」と言われ、私はまるで夏休みの絵日記のお天気欄を埋めるように、就職した年から毎月毎月、カレンダーのすべてのマス目を漢字とマークで埋め続けている。昨日の日付には夜勤を示す「夜」の字がちゃんと書いてあった。間違えていない。なら、朝食はいらないと告げたことを忘れてしまったのだろうか。

　このまま、見ないフリをして部屋に上がるか。それとも、ぜんぶコンビニの袋に入れて、外に捨ててこようか。でも母は今朝、いつも通り早めに起きて、ごはんを炊いて、この一品一品を作ったのだ。豚肉を蒸し、豆のすじを取り、わかめの塩抜きをしたのだ。それを思うと、どうすればいいのかわからなくなる。

　確か母は、「外食は野菜が取れない」と言っていた。ひとまずいんげんが盛られた小鉢を手に取り、立ったまま、箸《はし》でつまんでぽりぽりと噛《か》み砕いていく。食べても食べても甘じょっぱい緑の豆はなくならず、頬の内側が細かい豆のかけらでいっぱいになった。最後の一つを咀嚼《そしゃく》し、飲み込み、ようやく息を吐く。次に、味噌汁のわかめと葱だけを食べた。小鉢と味噌汁の椀《わん》を洗い、豚肉の皿とごはんには丁寧にラップをかけて食卓へ残しておく。許してほしい、と指先が痺れるように思う。許してほしい、わかってほしい。

夕方、目を覚まして二階に下りると母はもう帰宅してテレビを観《み》ていた。おかえり、と声をかけてさりげなく台所を覗く。流しの三角コーナーには食べ残したごはんと蒸し豚がラップごと投げ捨ててあった。

夕飯にはスーパーのメンチカツと根菜の煮物が食卓に並んだ。母が揚げ物を買うのは珍しい。朝食を残したことについて、どれだけ文句を言われるかと構えていたのに、母は私と目を合わさず黙々と食事をとり続けた。拍子抜けする。どうしてなにも言わないのだろう。母はもっと、強くて厄介な人ではなかったか。そういえば、はじめて朝食をいらないと言ったときにも、声をとがらせるだけで部屋へは追ってこなかった。

「朝ごはん、いらないから。食べきれない」

念を押すと母は深いため息をつき、「冷蔵庫に野菜ジュース入れておくから、毎朝コップ一杯ずつ飲みなさい」と娘のわがままを仕方なく許すような口調で指示をした。

食後、「肩幅が合わなかったから、このあいだ買ったサマーニットをあげる」と声をかけられた。ベージュで丸首のシンプルなデザインで、「これからの季節にちょうどいいでしょう」と差しだされる。礼を言って受け取ったものの、私はあまり嬉《うれ》しくなかった。高価で品の良いものであることはわかる。ただ、もう少しだけ、花が散っていたり、袖《そで》がふくらんでいたり、ギャザーが寄せられていたりしたら、もっと素敵だと思う。けど母によると、私はそういう服が似合わないらしい。「花柄やレースはもっと可愛い子が着ないと、ぶりっ子の馬鹿女《ばか》になるわよ」そう言われた十代のある日から、私のクローゼットには無地の服ばかりが並んでいる。

五回目の朝ごはんの時、一緒にベンチに並んでお茶を飲んでいたら三葉くんがぽつりと言った。

「鳥が、好きな相手にエサを運んでったり、毛繕いしたり、するじゃないですか」

「するねえ」

「俺いま、一応そんな気分でいるんです」

三葉くんはむすっとした顔でおにぎりを包んでいた銀紙を丁寧に伸ばし、膝の上で四つ折りにし始めた。あんがい几帳面《きちょうめん》なところがある。

照れよりも、興奮よりも、だるま落としの木槌《きづち》でかこんと頭を叩かれたような衝撃があった。そんなことが、あるのか。こんなにすべすべした、若くてこわいもの知らずの男の子が、鈍重で気弱な私を好きになるなんて、あるのか。

なにか言わなきゃ、と思った瞬間、キュー−ォ、と聞き覚えのない高い鳥の声がした。

キューォ、キューォ。驚いて近くの木の梢《こずえ》を見上げる。肋骨《ろっこつ》の内側が、まるで鳥がばたばたと羽ばたいているみたいに騒がしくなる。顔が熱い。

「梨枝さん、そういうのはずるい」

三葉くんが不満げに唇をとがらせる。私はまだ鳥を探すフリをしていた。

「なんの鳥だろう」

「知らねえ」

「三葉くん、私のどこが好きなの？」

「ぼーっとしてるとこ」

「ぜんぜん褒めてない」

「とげとげしてないって、いいことだと思うけど。梨枝さんさ、お客でもスタッフでも、人の言うことを一回ちゃんと真面目《まじめ》に受け取って聞くだろ。そういう、なんつーか、マナーがいいとこ、好き。あと、そうだな、初恋の人にちょっと似てる」

ドラマ以外で「初恋の人に似てる」なんて言う人ははじめて見た。目の前をきれいな緑色のトカゲが横切ったみたいな、珍しいものを見た気分でいると、梨枝さんは俺のこと好き？　と聞き返された。

「好きだよ」

「どういうとこが?」

かわいいのに、一緒にいると時々「ひやり」とするところが好きだ。「ひやり」はこわいけれど、こわいだけではない。かさぶたを剝がす時に似た気持ちよさが混ざる悪寒《おかん》だ。三葉くんは恥ずかしいと思うことなどないのだろう。それが眩しい。けど、うまく伝えられる気がしなかったので「肌がすべすべしてて、かわいいところ」と答えた。言い終わった後に、なんだかあんまりだと思う。とはいえこれ以外に「私はそこまで君に夢中になってなくて、年上の余裕をたもってますよ」的な言い回しが思いつかなかった。三葉くんはきょとんと目を丸くして、不思議そうに自分の首筋を撫でている。

3

うどんかパスタ、と三葉くんが言う。その前は牛丼《ぎゅうどん》かうどん、だった。更にその前はラーメンか焼き肉定食。その前はハンバーグかうどん。デートの際、三葉くんが提案する昼ごはんにはうどんの頻度が高い。なんで、と聞くと、三葉くんは大盛りで注文した厚切りベーコンのカルボナーラをフォークに巻き付けながら「安くて腹に溜《た》まるから」と答えた。

「あと、小麦粉の単調な味が好きなんです、俺。おでんだねもちくわぶとか好きだし」

「ふーん」

「梨枝さん、うどん嫌いなの」

私は今のところ、ずっと提案されたうどんを断り、もう一方の選択肢ばかり選び続けてきた。唐辛子のきいたアラビアータを頬ばり、首を振る。

「嫌いじゃない、けどあんまり食べないかなあ」

「うまいですよ、最近のうどん。明太バターうどんとか」

「こてこてしたの、好きだねえ」

食べ終えて、割り勘で代金を払って店を出る。午前中に大学のプールで泳いできたのだという三葉くんは、そばに寄ると塩素の匂《にお》いがした。部活上がりに軽くシャワーで流しているらしいが、首の付け根辺りから香る。

そんなにややこしい話ではないのだ。ただ、生まれて二ヶ月も経たない乳児の弟が実家のリビングで亡《な》くなったとき、母はうどんを茹《ゆ》でていた。先に異変に気づいたのは、小学一年生の私だった。宿題を終えてトイレに立ち、手を洗って、日だまりにしゃがんで少しぼうっとして、「こうちゃんを見ててね」と母に言われたことを思いだしてベビーベッドを覗いたところ、弟はもう動かなくなっていた。天井を見上げる水っぽい瞳《ひとみ》。小さな唇の端には乾いたよだれの泡がこびりついていた。焼きたてのパンみたいにふかふかしていたベビーウェアの胸もとが、動かない。どれだけ見つめても動かない。時間が止まり、音が止まり、こうちゃんのベビーベッドごと、狭く奇妙なたて穴に落ち込んでしまった気分だった。台所から響く母の鼻歌が遠い。こうちゃんがへんだよ。呟《つぶや》いて、声を張り上げる。おかあさん。

日当りの良いリビングは、温かい鰹《かつお》だしの匂いでいっぱいだった。叫び声を上げて弟を抱き上げる母の手は、直前まで切っていた葱の汁で濡《ぬ》れていた。

食べられない、というわけではない。うどん食べたい、と同行者に言われればついていく。実際、高校時代に仲の良かったクラスメイト達とうどん屋ののれんをくぐった覚えがある。けれど、わざわざ自分で食べたいとは思わない。うどんのことを思うと、どうしても亡くなった弟の水鏡のような目や、母が台所でたてていた包丁の音や、薄暗い病院の廊下で父方の祖父母に頭を下げていた母の背中が芋づる式に脳の裏側から引っ張り出されて、混乱する。けど、友だちには言わなかった。言って、場を湿っぽくするよりも、なるべく何も考えずにうどんをすする方が簡単だったからだ。

三葉くんには、言っても良いのだろうか。重たいか。そんな告白、うっとうしいか。でも、知らないとこの子はずっと私をうどんに誘い続けてしまう。恋人と分け合うものと分け合わないものの境目を、みんなどうやって決めているのだろう。

ただ、恋人には、甘やかされてみたい。古着屋を何軒か回るうちに、三葉くんは「夏に向けて」と麦わら帽子を一つ買った。編み目の粗い、飾り気のないシンプルなデザインで、いかにも大きな歩幅で遠くまで歩いて行きそうな若い男の子によく似合っていた。

河川敷の木陰で一休みしている最中に彼のポロシャツの裾を引いた。

「うどん、うち、あんまり食べないんだ」

「さっきも言ってましたね」

「いい思い出がなくて」

「ヤケドでもしましたか」

そうじゃない、と首を振り、言葉に詰まる。口を開いたものの、なるべく深刻にならないように、でもうどんは苦手、とだけ説明する方法がわからない。やっぱりうどんなんて、にこにこしながらすすっておけば良かったのだ。弟が死んで、なんて聞かされても相手は困るだけじゃないか。だいたい、二十年以上前の出来事にこだわって
「うどんを食べたくない」「梨枝さん、」というのも馬鹿みたいだ。次の言葉に迷っていると、三葉くんはおかしそうに「眉毛がハの字になってる」と言ってにやにやし始めた。唐突に、変な言葉が口から飛び出した。

「三葉くん、私、やっぱり頭悪いのかな」

「ええ？」

「いつもこうなるの。うまく言えないの」

こめかみの奥が痛み、鼻の奥から潮の匂いがせり上がってくる。みっともない。三

葉くんを見ていると目が潤《うる》みそうになったので、下を向いた。わずかに草の生えた黒い地面を見つめる。

十秒ほど息を止めると、悲しい気分は遠ざかっていった。三葉くんがこちらを覗《のぞ》き込む。

「落ちついた？」

「うん」

「俺、なんかいじわるだった？」

首を振る。顔を上げると、「あ、泣いてない」と三葉くんは片方の眉毛を持ち上げた。

「泣きません」

「泣いちゃえばいいのに。俺けっこう女の人が泣くの、好きですよ」

かこん、とまた頭の中でだるま落としが打たれる。よくわからないことを言われると、救われた気分になる。これだけ私とかけ離れたことばかり考えている人なら、ぼーっとして頭の悪い私にも、私自身とはまったく違う、優しく甘い評価をくれるんじゃないかと夢想する。

予想外のことを言われたおかげで、気がつけば涙は完全に引っ込んでいた。うどん、食べたくないんだ、と小さく言ってみる。理由を聞かれるかと思ったら、三葉くんは「わかりました」とけろりと明るい声で頷いた。

「梨枝さん、パスタは好きなの？」

「うん」

「じゃあうどんはやめて、パスタとか米とかそうめんとかを、一緒に食うようにしましょう」

がさがさと音を立てて紙袋から買ったばかりの麦わら帽を取りだし、私の頭へ乗せる。私は帽子が似合わない。丸い顔が余計に丸く見えてしまう。同じ理由で、母も帽子は被《かぶ》らない。

「似合わないよ」

「うん、あんま似合わないな」

肩を叩《たた》く手を笑ってかわし、三葉くんは麦わら帽を自分の頭へ移してから「行きましょうか」と促した。顔の小さな彼に、その麦わら帽はまるで何年も被り続けたものみたいに似合っていた。

カフェやショッピングセンターをぶらぶらするうちに、三葉くんは目に入った中古のゲームショップに吸い寄せられていった。アクションゲームを物色し、値段を確認してしばらくうなる。兄が遊んでいたゲームを思い出しながら、私も手持ちぶさたにいくつかのソフトを手に取った。そのうちの一つ、ロボットらしい二頭身のキャラクターがカラフルな雑貨に囲まれているイラストが入ったソフトに目を引かれる。

「これ、キャラクターがかわいい」

横から覗き込んできた三葉くんが「有名なやつですよ」と言った。

「玉を転がして、ものをどんどん巻き込んで、でかくしてくの。消しゴムとかビルとか。俺も友だちの家でやっただけだけど、面白かった」

ふうん、と内容をいまいち想像できずに相づちを打つと、三葉くんは「久しぶりにやるかな」と呟いて私の手からソフトをとり、レジに持っていった。

店を出ると日が陰ってきていたので、さりげなく駅の方向へ向かった。そろそろ帰らないと夕飯の時間に間に合わない。最近、母は勘が良い。「付き合っている人がいるなら連れてきなさいよ」から始まって、「相手の人、どんな仕事してるの」「恥ずかしい人じゃないでしょうね」「結婚するまでは外泊とか、お母さん許してないからね」とコンボで畳みかけられている。もちろん、八つも年下の学生と付き合ってますなんて間違っても言えない。曖昧《あいまい》な返事を繰り返すうちにどうやらなにかを察したのか母の眉間《みけん》のしわは深くなり、比例するように夕飯の品数が増した。私が帰るまで、彼女はいつまでもいつまでもあふれんばかりのおかずが並んだ食卓で、一口も箸をつけずに待っている。その姿を思うと、なんだか喉に刺さった魚の小骨をとろうと必死になるのと同じ切迫感で、家に帰らなければと思う。

「梨枝さん、メシどうする？」

駐輪場の入り口で三葉くんが聞く。私は名残惜しくなりながら薄く温かい手を離した。

「夕飯、家で作ってるから、帰るね」

「そっかあ」

んー、と猫のように喉を鳴らし、彼は続けた。

「今度俺んち来ませんか」

結婚するまでは外泊とか、お母さん許してないからね。きれいに再生された声に一瞬ひるんで、返事につまる。そのぽつりと落ちた沈黙を読み取ってか、三葉くんは「ゲームやりに」と続けた。

「ゲームやりに？」

「そう、さっきの。梨枝さんがかわいいっつってたやつ」

とん、と死角から伸びた黒い手が背中を押すように「馬鹿みたいだ」が突き上げてきた。馬鹿みたいだ。いい歳して、惜しむほどのものなんてなにもないのに、いつまで親の言うことを聞いているつもりだ、そっちのほうがよっぽどみっともない。嵐《あらし》のような羞恥《しゅうち》に圧《お》され、とっさに「行く」と口に出た。

「行く。やったことないから教えてね」

つんのめるように言い足すと、三葉くんは「なんかうまいもん作ります、うどん以外で」と人なつっこく目を細めた。

五月分の給与明細を受け取りながら、美香ちゃんがぽつりと呟いた。

「あたし、店長みたいなべたべたした女、だいっきらい」

顔を上げると、美香ちゃんは陶製の人形みたいに表情がなかった。無機物を見る冷めた目で、一心に私を攻撃しようとしていた。

「いきなりどうしたの？」

美香ちゃんは固く唇を結んだまま答えない。しみひとつない幼い頬が時々ひくりと痙攣《けいれん》した。

心当たりはあった。公園で一緒に朝食をとっているところを出勤途中のスタッフに見られ、ここのところ店では私と三葉くんの仲が噂されている。さらに間が悪いことに、今週は早めの夏休みをとった社員の調整で私が普段よりも多く夜勤に入ることになり、ほとんど毎日三葉くんと顔を合わせるシフトになってしまった。

美香ちゃんは私を睨むばかりでなにも言わない。とはいえ、私の方からなにか弁明めいたことを口にするのも、後ろ暗いことがあるみたいで変に思える。言うことが見つからずに黙っていると、美香ちゃんは顔をぎゅっとしかめ、「信じらんない」と吐き捨てて休憩室を出て行った。私は閉じた扉を数秒見つめ、それから少し顔をずらして「振り返りの笑顔力アップ！」という今月の標語がピン留めされた休憩室の壁を見つめた。

私をきらいだと言う美香ちゃんの声は、良かった。よく響いていて、弾丸のように潔《いさぎよ》かった。若いからあんな声を出せるのか。いや、私は十代の頃だって、自分の好きな人が自分以外の誰かと親しくなったとして、その相手に喧嘩《けんか》を売る勇気なんてなかったはずだ。やっぱり私はダメなんだ、といじけるのが関の山だった。なんで私はその回路を持たずに大きくなってしまったんだろう。

「それは、梨枝さんがそういう人だったからでしょう」

溜まっていくバスタブの湯に時々手を浸しながら、トランクス姿の三葉くんは「日本の名湯」の封を切った。さらさらと注がれた粉末状の入浴剤が湯に溶けていき、小さな浴室をヒノキの香りでいっぱいにする。そういう人？　と聞き返すと、彼はあっさりと頷いた。

「例えば、俺はけっこうあるんですよ。人に『きらい』とか『それ違う』とか言うの」

「言いそうだねえ」

「うん、子供の頃からそういうのに抵抗なくて、しょっちゅう友だちと喧嘩して帰ってきました。友だちどころか、先生や部活の先輩に歯向かって殴られたこともあった。でも、同じ親から同じように育てられたのに、四つ年上の俺の姉貴はずいぶん大人しい性格してて、なんか嫌なことがあってもじっとこらえて笑ってるんです。だからそういうのって、生まれもったもんで、仕方ないんだと思いますよ」

「仕方がなくても、うらやましいんだ。はっきり誰かにきらいって言えるって、すごいよ」

「むしろ、梨枝さんはなんできらいな奴《やつ》にきらいって言えないの」

どうしてだろう。昨晩塗り直したため、珍しくピンク色に光っている自分の足の爪《つめ》を見ながら考える。

「私がきらいって感じても、本当はその人の方が正しいことを言ってるのかもしれない。私になにか、わかってないことがあるのかもしれない。そう思うと、こわくなる」

「本当はって、なに」

おかしそうに笑う三葉くんの顔は、やっぱり彼の持つどの顔よりも意地が悪くて、ひやりとして、魅力的だった。私は下着姿で脱衣所にしゃがんだまま、黙ってその顔を見上げた。笑われると、心細い。下腹に氷を押し込まれたみたいな気分になる。けど同時にうらやましくなる。誰かを「間違ってる」と断言出来る人が、心の底からうらやましい。

「梨枝さんって面白いよな。なんで自分と違う人間はみんな馬鹿だって思わないの」

「思わないよ。私、そんなに頭良くないもの」

「頭良くないってことにしておく方が、落ちつくのか。そういう人もいるんだ」

三葉くんは一瞬、じっと私の顔を見た。懐中時計か、万華鏡か、なにか込み入った細工のものを覗き込む目だった。そんな風に見られるとは思わず、私は「そんなことない」と言うタイミングを見失った。お湯の蛇口を閉め、彼は軽い動作で浴槽のへりから立ち上がる。

「んでさ、それはいいから、風呂《ふろ》入りませんか。湯がさめちゃう」

「お先にどうぞ」

「恥ずかしがってる？」

「恥ずかしいよ。誰かさんみたいに肌すべすべしてないし」

三葉くんはつまらなそうに色の付いた湯をちゃぷちゃぷと揺らす。そんなこと言わないで一緒に入りましょーよ。イヤです。背中荒れてるって言ったの怒ってる。どうせ私はニキビつぶしたらシミになる年ですよ。ぐずっていると三葉くんは口を尖《とが》らせ、じゃあお先にどうぞ、とすれ違いざまに私のブラジャーのホックをぷつんと外して脱衣所を出ていった。背後で引き戸が閉まる音を聞き、私はゆっくりと立ち上がる。

髪は濡らさず、体だけ洗って、つま先からヒノキ湯に浸《つ》かった。お風呂場はきちんと掃除されていて、タイルの目地にもカビはまったく見当たらない。店では適当で大雑把な性格を装《よそお》っているが、三葉くんはやっぱり几帳面なところがあるらしい。それにしても、他の家の風呂場というのはどうしてこんなに緊張するのだろう。そこかしこに家主の気配が染《し》みていて、まるで相手の体に内側から触れているような、そこはかとない申し訳なさが湧《わ》き上がってくる。湯に浮かんだ毛をつまみ、浴室全体をシャワーで流してからバスタオルを巻いて外へ出た。

「あれ、頭洗わないの」

「うん、ちょっと」

入れ違いに風呂場へ入っていく彼を見送り、私は布団の端に脱ぎ散らかされた服を拾い集めた。先ほどと同じショーツを引き上げ、ブラジャーを胸へ回し、ぱちんと音を立ててねじれたストラップを直す。ブラジャーはまだレースが硬い。先週末、わざわざ電車を乗り継いで都心へ出かけ、ランジェリー店を五軒回って選んだ。本当は黒とか緑とかダークトーンの下着が一番着ていて落ちつくけれど、若い男の子はやっぱり白やピンクの方が好きだろうか、でも色が淡いランジェリーは体が緩んで見える、と悩んだ挙げ句、小花の散ったオレンジ色の上下セットを買い、けど駅の改札でやっぱりオレンジはオバサンくさい気がして引き返し、無難な白のレースをもう一セット買った。悩みに悩んで結局白い方を選び、けれど実際服を脱いでみたら三葉くんは下着の色にはまったく反応せず、ただ「ひらひらだ」と猫がじゃれるようにレースの表面を撫でていた。

「え、はじめてなんだ」

なにか失敗のもとになるかもと思って打ち明けると、三葉くんは数秒考えてからへらりと笑い、「俺も、はじめての人とやるのはじめてだ。痛かったら言ってね」とまぜ返すようなことを言った。実際、痛かった。痛かったし、よくわからなかった。男の人の性器はそのものよりも、コンドームをつけた姿の方が生々しくて直視できなかった。ゴムの表面が、オレンジ色の豆電球の下でぬらぬらと光っていた。途中でどうしても我慢できずに抜いてもらい、二回トイレに行った。裸で冷たい便座に座るのは心細かった。私が戻ると、三葉くんは毛布を肩に羽織りながら「へたでごめんね」と落ち込んだ様子で言った。

「三葉くんがへたなんじゃなくて、私が慣れてないんだよ。もたついてごめんね」

素っ裸のまましゃがんで、うなだれた小さな頭を撫でる。撫でられながら目を閉じた彼の頬やまつげの形が目に焼きつく。そんな風にして、私の「人に言えない恥ずかしいこと」が一つ消えた。

母には職場の飲み会があって遅くなる、と伝えてある。脱ぐ直前まで少しでも足が細く見えるようにと祈るようにして選んだ黒のデニムを引っぱり上げ、服装を整えた私は一人暮らしの男の子の部屋を見回した。板張りの台所に六畳の和室がついた狭い部屋だ。おもちゃみたいなコンロの上には百均で買ったという土鍋が鎮座している。

すでに冷えた鍋の中には、昼に食べきれなかった鳥とごぼうの炊きこみご飯が残っている。明日の朝食はこれに卵と葱を足して雑炊にするらしい。ほんとに三葉くんは料理に慣れている。部屋もきちんと掃除されているし、シーツも清潔だった。

小さなテレビの前では押し入れから引っ張り出されたゲーム機が黒いコードをのたくらせている。買ってもらったゲームは予想通りキャラクターもかわいくて面白かったけれど、動きの多い画面に私はどうしても酔ってしまって、途中から三葉くんにコントローラーを譲り、順調にステージをクリアしていく彼の手元ばかりを見ていた。梨枝さんだいじょうぶ？　と三葉くんがときどき私の頭に手を当てる。何度かそれが繰り返されるうちに唇が合わされ、首筋、耳たぶ、鎖骨のくぼみを乾いた指が撫でていった。プールの塩素で荒れた、ささくれだらけの指。

美香ちゃんが怒る気持ちも、わかる気がする。どうしてこんなに「よく出来た」三葉くんが、よりによって私を選んでくれたのだろう。確かに、信じられない。三葉くんの中に、大人しい女や年上の女をそばに置きたいといった偏《かたよ》った習性でもあるのだろうか。

壁に、銀色のアイロン台が立てかけられている。カーテンレールにかけられたクリーニングの袋。クリーニングってそういえば自分で出したこと無いな、と思う。一人で起きて、一人で寝る。帰宅したら、誰もいない。自分でだまってごはんを作る。一人で生きて、一人で決める。それはどんな気分だろう。

体験がない、と言っていた低く甘い声を思い出す。そう、柳原さんだ。柳原さんは今ごろどうしているだろう。またなつみさんの元へ帰ったのだろうか。相変わらず、蜘蛛《くも》の始末に困っているだろうか。たいけん、と口を動かしてみる。ファンデーションのコンパクトを開き、パフを頬へ叩きつけた。最後に、自分がいつもの仕事帰りと変わらない姿であることを点検する。

帰るね、と告げると、湯上がりの三葉くんはタオルで髪を拭《ふ》きながら目を丸くした。

「梨枝さんって、親がこわいの？」

「こわくはないよ。ただ、外泊すると心配するから」

夜勤の時以外、うちは門限が二十二時だ。大学時代から就職した後もずっと変わらない。外泊は禁止。残業が入りそうなときはあらかじめ母に伝え、急な場合もメールを送ることになっている。

「社会人になってからもそれって、ちょっと厳しすぎないですか」

よくわからない。娘をもつ親なんて、そんなものじゃないだろうか。自分の家が普通か異常かなんて、どうしたら判断できるのだろう。ただ、こういう時にどう言えばいいのかはもうわかっている。自分も母も家も「変だ」と言われないで済む便利な言い回し。

「うちね、お母さんがちょっと神経質なの」

「ああ、なんだっけ、コーネンキとかそういうの」

「そうそう。だから、帰らないと」

アパートの玄関まで見送りに来てくれた彼に手を振り、夜の道を帰る。駅前でタクシーを拾うことにして、ひとまず店の前へと通じる国道沿いを進んだ。ときおりごう、と低いうなり声と共にトラックが私の真横を追い越していく。月明かりの下、遠くへ遠くへと疾走し、ゴマ粒のように小さくなる。

携帯が鳴った。画面を見ると、関西に住む兄からだった。珍しく思って通話ボタンを押す。おお、とくぐもった掠《かす》れ声が回線の向こうから返った。

「お久しぶり」

『なんだお前、ムコとらされそうなんだって？　母さん相変わらずだな』

雪ちゃんから聞いたのだろう。まあそんな感じ、と相づちを打つと兄は一瞬、なにかをたわめ、弾みをつけるように間を空けた。

『お前、家を出たいか』

息を呑《の》んだ。兄はなにを言っているんだろう。あんなに悲しむ母を置いて、自分勝手に家を出たくせに。

「出たい」

『そうか』

それから兄は次の異動先が関東の本社になりそうで、雪ちゃんの子育てのことも考えて実家に戻ることを検討していると続けた。通りすぎていくトラックの熱風に頬をなぶられながら、私は暗い道路の先をぼんやりと眺めた。

4

日が長くなるにつれ、実家の庭が香りはじめた。母が育てている薔薇《ばら》たちが、少しずつ絹のハンカチに似た花びらをほころばせていく。夜、湯船に浸かっていると、換気窓から冷たく甘い匂いがすべり込んでくる。

湯上がりに麦茶を取りに行ったところ、台所のテーブルの上に食べかけの「ふるりん雪どけ桃杏仁《あんにん》豆腐」が残されているのに気づいた。母は携帯の電波が通じやすいリビングのソファで、かしましく笑い声を立てている。赤ん坊、あと三ヶ月、という単語が聞こえる。あらー、ベビーベッドどこに置こうかしら、たぶん梨枝のがまだ物置にあると思うんだけど、新しいものを買った方がいいわよねえ。通話を終え、あずき色のパジャマを着た母は頰に笑みを残したまま台所へ帰ってきた。

「啓一郎《けいいちろう》が新宿の本社に異動になるらしいわ。雪ちゃん、体が弱いし育児も大変だろうから、来月からこの家で同居したいって。いいわよね？」

「いいんじゃない。実家に近い方が雪ちゃんも安心だろうしね」

「ああ、よかった。赤ちゃん楽しみねえ。男の子で標準よりだいぶ大きいっていうから、よっぽど啓一郎に似てるのかしら」

兄は、先日言っていた通りの辞令を受け取ったらしい。電話を受けながら見つめた深夜の国道が目の前に広がる。母は上機嫌でテーブルへつき、プラスチックのスプーンで杏仁豆腐を口へ運んだ。

「お母さん、聞いてほしいことがあるの」

「なぁに、あんたもまた店が変わるの？」

「違うの。私、一人暮らししたい」

母は、難しい数学の問題を投げつけられたみたいな顔をした。しわの浮いた目尻《めじり》も、肉の薄い頬も、確かに六十年以上この世を生きてきた女性のものなのに、丸く見開かれた目がどことなく子供じみていて、あどけなかった。

「なんでよ。啓一郎たちが帰ってくるのがいやなの？」

「そういうのじゃなくて、ただ、一人で暮らしてみたいの」

「なーに馬鹿なこと言ってるのよ、あんた、一人じゃなんにも出来ないじゃない。しかも最近じゃ一人暮らしの女の子が事件にあったり、殺されたり、物騒でたまったもんじゃないわ。ダメよ、ぜったいダメ。結婚前だってのに、変な噂《うわさ》が立ったらどうするの」

「周りの治安も考えるし、家からそんな遠くないところに部屋を借りる。出来ないことはちょっとずつ出来るようになるから、大丈夫だよ。お母さん、私もうすぐ三十だよ？　外で普通に働いてるんだよ？　お願いだからもうちょっと信用してよ」

母は唇の片側を持ち上げて少し笑い、ああはいはい、とまるで虫でも追い払うかのように手の甲で宙を払った。

「馬鹿馬鹿しい。たいして給料もよくないくせに、一人暮らししてどうするの。お金をどぶに捨てるつもり？　食事や家の掃除はどうするの？　出来ないでしょう？　峰岸さんのところや加藤さんのところを見なさい。賢い娘さんはみんな結婚までちゃんと親元で育つの。それが常識なの。そうすることで先方の親御さんも安心してお嫁として認めてくれるのよ。あんたそういうの、なんっにもわかってないでしょう。職場が遠いわけでもないのに家を出たいなんて、私は遊びたいですって言ってるようなもんよ。いい歳《とし》してみっともない。やっぱりダメね、お金の苦労をさせてないからかしら。ぼーっとしたまま育っちゃって」

気がつけば、首の後ろに薄く鳥肌が立っている。イヤだ。母と喧嘩をするのがイヤだ。母に否定されると、内臓を火で炙《あぶ》られているような心細さを感じる。言おうと思っていたことが舌でもつれ、カンカンカンと甲高い鐘の音が耳の内側で鳴り響く。脳に酸素が回らない。

「家にいて、なんにも、出来ないままなのも、恥ずかしいことだと、思う」

辛うじて口にすると、母は勝ち誇ったように小鼻を膨らませた。

「じゃあ、やりなさいよ家事。家を出なくたっていくらでも出来るわ。掃除も洗濯も料理もぜんぶやりなさい。横で見ててあげるから」

「やる、やるけど、そういうことじゃないの」

「なによ、言ってみなさい」

母は笑っている。この家では、すべての正しさは母に集約される。私の脳は酸欠のままなにも考えない。考えない方が、痛い目にあわなくて済むから、いいのだ。けど、もしかしたら母は正しいのかもしれない。世の中の賢い人はみな母の肩を持つのかもしれない。脳に冷たく長い錐《きり》を打ち込まれたみたいに、そんな恐ろしい考えが消えない。

それでもここから出たい。出なければ、またあの穴底へ戻ることになる。

「一人暮らし、したい」

ひからびた舌をうごめかせると、母の眉《まゆ》が鋭く跳ねた。

「ようするに、あんたも母さんのことがきらいになったのね。そうなんでしょう。正直に言いなさいよ。ああ馬鹿馬鹿しい。あれだけお金をかけて、こんな自分勝手な娘にしかならなかったなんて！」

「違うよ！　そんなわけないよ。ただ……兄ちゃんと雪ちゃんが帰ってきたら、家も手狭になるし、子供だって、大きくなったら自分の部屋を欲しがるだろうから。このタイミングで出て行くのが一番いいって思っただけだよ」

　これは兄と一緒に用意した答えだ。私は早口で言い足した。

「兄ちゃんたちが帰ってきて、赤ん坊も産まれるし、賑《にぎ》やかでいいじゃない。私がいてもいなくても変わらないよ」

「啓一郎が帰ってきたって、一度手元を離れた子はもう子供じゃないわよ」

「……なんでそんなひどいことを言うの」

「あんたがなんにもわかってないからよ！」

　母は中身の残った杏仁豆腐のカップをゴミ箱へ投げ込み、荒い足取りで台所を出て行った。私はその背中を目線で追い、ふと、台所の窓に白い像が映っているのに気がついた。

暗いガラスに私の顔が映っている。ここのところ夜勤が続いたせいか、両目の下には薄くクマが浮いていた。目尻は垂れ、頬骨の上にはシミが散り、顎《あご》まわりの皮膚が荒れている。明らかに大人と呼ばれる年頃の顔なのに、私はやけに幼く水っぽい、奇妙な表情をしていた。ああ、そうだ。

私はこの期《ご》に及んで、母に、梨枝ももう大人だもんね、とお祝いをしてもらいたかったのだ。私は子供だ。体と中身が一致しない、グロテスクなオトナコドモだ。

「アパートを、探さなきゃ」

白い像へ向かって呼びかける。

翌日から、職場の近くで物件探しを始めた。駅から徒歩圏内で、家賃が六万以内で南向きで、出来れば安めの総菜屋やお弁当屋が近くにあるところ。何箇所か目星を付けて歩き回ってみるものの、古すぎたり間取りが好みじゃなかったりと、なかなか決め手となる物件が見つからない。

不動産屋にもらった地図を手に休憩室でため息をついていたら、お弁当を食べていた有野さんが横から覗きこんできた。

「店長この辺に引っ越してくるんですか？」

「うん、そう」

「中央商店街の奥のほう、公園のまわりにアパートが何棟か建ってるんですけど、あの辺はいいですよ。駅からちょっと歩くけど、すぐそばに商店街があるから何でも買えて便利だし。散歩も気持ち良いし、遅くまでやってるお風呂屋さんもあるし。私、むかしあの辺に住んでたんです。彼氏と同棲《どうせい》することになって引っ越したんですけど、超おすすめ」

お礼を言って、地図へぐるっと赤鉛筆で丸をつける。

夜勤明け、社割で買ったプルーンドリンクを飲みながら有野さんに教えてもらった商店街へ向けて歩き出した。店からは二十分ほどどか。自転車を使えばもっと近いだろう。

商店街は思ったよりも大きかった。朝だというのに人が多い。八百屋も肉屋もクリーニング屋もそろっている。いい匂いに惹《ひ》かれて細道へ入ると、軒から白い湯気を上げる総菜屋があった。百円のコロッケサンドを買って商店街を抜け、目に入った森林公園のベンチに腰を下ろす。食事をしながら見回したところ、有野さんの言う通り公園の周辺にはいくつかのアパートが軒を連ねていた。コーポはとむぎ、グリーンハイツ牧、ひたち荘。特にひたち荘は、外観が清潔で印象が良い。二階の角部屋のベランダに背の高い木の枝がかかっている。そばに寄ってみると、木の幹には、「さざんか」と書かれた小さな札が回されていた。さざんか。すぐには姿が思い浮かばないが、確か、花だ。あの部屋に入居できたら、開花のシーズンには自宅で花見が出来るかもしれない。

帰り道、商店街でなんとなく八百屋を覗いた。野菜の相場はよくわからないけれど、ほうれん草は六十九円だった。

ほうれん草が六十九円の町なら、一人でもなんとかやっていける気がした。

ひたち荘のさざんか部屋は、幸運なことに前の住人が引っ越したばかりで空いていた。不動産屋で手続きをして、大家から部屋の鍵《かぎ》をもらう。大家は頬にいっぱいそばかすを浮かべた中年女性で、アパートの近くの一軒家に住んでいるらしい。

「どこの薬局にお勤めなの？」

国道の向こうの店です、と告げたら「あら私たまにお世話になるわあ、こんどクーポン券とか分けてね」と目尻にカラスの足跡をつけて微笑《ほほえ》まれた。

三駅隣の家電量販店で一人暮らし用の洗濯機や電子レンジなどを注文し、更に女性向けのクラシックな雑貨を取り扱う店で憧《あこが》れだった猫脚のローテーブルを買った。最寄り駅のそばのホームセンターで布団《ふとん》を買い、最後に段ボールを一束、自転車の荷台にくくりつけて帰った。一晩かけて服や本、CDなどを順々に詰めていく。

「梨枝、ちょっと来なさい」

母はしかめ面《つら》でたびたび私の部屋に顔を出した。小言を言うのかと思えば、救急箱を作りなさい、このドライヤー持って行きなさい、アパートは防犯会社と契約してるの？　確認しなさい、と細かな世話を焼いてくれる。

「どういう風の吹き回し？　あんなにいやがってたのに」

「世間知らずの娘が外で恥かかないためよ。あんたが失敗したら、親はなに教えたんだって私まで笑われるんだから」

家に余っていた鍋《なべ》つかみを差しだす母の顔は苦り切っていた。目が合うと、居心地悪そうに目線を揺らす。なにかにおびえているように見えた。まさか。母が私をこわがるなんて、そんなことあるわけがない。見れば見るほど、母の行動はちぐはぐだった。一人暮らしなんて生活が荒れるだけじゃない、と引き止める素振りを見せるくせに、慣れた物に囲まれていた方が安心できるから、どうせホームシックになるわよ、わかってるんだから、と恩着せがましくドライヤーや扇風機など家の匂いのしみた物を次々と押しつけてくる。

「鍵、大家にもう貰《もら》ったでしょう。一つ寄越しなさい。念のため母さんが持っていてあげるから」

「ええ？　一つしか貰わなかったよ」

本当は、二つ貰っていた。母に渡す気はなかった。え、鍵って何個か貰えるものなの？　大家さんに聞いてみる、と素知らぬ顔で返すと、母は「だからあんたは馬鹿《ばか》なのよ。ちゃんとしなさい」と息を吐いた。どこか安心しているようにも見えた。

引っ越しの朝、最後の身の回りの物を自転車の荷台に積み、私は玄関口に立つ母を振り返った。母は口を結んで不機嫌に黙りこくっている。

「それじゃあ行くね、またすぐ顔出すから」

「向こうに着いたら電話しなさい」

ゆっくりとペダルを踏み出した。母が声を張り上げる。

「梨枝」

「なに？」

「いつかわかるわ。この世に、お母さん以上にあんたのことを考えてる人間なんていないんだから！」

うなじの毛がざっと逆立ち、とっさに足へ力をこめた。膝《ひざ》が痛くなるほど踏み込んで速度を上げる。

道を曲がって母の視線を振り切った瞬間、体が軽くなった。下腹部が熱くなり、ぐんぐん足に力がこもる。三十分ほど自転車をこぎ続け、ひたち荘のある隣町まで辿《たど》りついた。途中のコンビニでペットボトルのお茶とタマゴサンドを買い、アパートの狭い階段を上って借り受けた二〇三号室の扉を開く。

部屋はずいぶん明るかった。南向きで、カーテンが掛かっていない部屋というのはこんなに明るいのか。板張りの台所に六畳の和室が一つ付いている。畳はベランダの手前が少し傷《いた》んでいたけれど、ちりも埃《ほこり》もなく清潔だった。家具のない部屋はやけに広い。ベランダには相変わらず緑の葉が被《かぶ》さっていた。さざんか。どんな花か、調べてくるのを忘れた。

朝日に光るベランダのガラス戸を見ながらタマゴサンドを頬ばった。近くに小学校があるのか、登校する子供たちの声が聞こえる。空が青い。晴れていて良かった。洗濯機の設置、ちゃんと出来るかな。母の言う通り、私は生活まわりのことを一人でなにもしたことがない。ぜんぶ母がやってくれた。家のこと、生活のことについて、私の手足は胎児のように柔らかい。

畳に落ちた卵のかけらをつまみ、生まれてはじめて、もしかしたら私は母がきらいだったのかもしれない、と思った。

九時を回り、宅配業者によって家具家電や荷物の詰まった段ボールが次々と運び込まれた。冷蔵庫の位置を迷い迷い決め、説明書を片手に洗濯機のホースを配水管に繋《つな》げる。段ボールを開き、ホームセンターで買った工具で家具を組み立てる。

途中で夕飯の弁当を買いがてらトイレットペーパーやスリッパ、洗濯ばさみなどを買い込み、夜までかかって整理を終えた。本棚はまちがえて棚板を表裏逆に固定してしまったが、塗装のない木目がざらざらする以外は特に問題なさそうだ。

午前零時に最後の段ボールを潰《つぶ》し、私は畳に伸び広がった。埃を立てていたせいか、表面が粉っぽくざらざらする。そうだ、掃除機も買わなくてはならない。ベランダへ面したガラス戸につるすカーテンも。カーテンは、戸の大きさを測ったほうがいいのだろうか。それとも、カーテンというものは基本的に扉用とか窓用とかサイズが決まっていて、みんな色柄だけを選んでいるのだろうか。なんだか馬鹿にされそうで誰かに聞くのが恥ずかしい。うろうろと考えて寝返りを打つ。

お風呂に入りたい。シャンプー、リンス、洗顔料、風呂椅子《いす》と手桶《ておけ》も買わなきゃ、とうんざりしたところで、この界隈《かいわい》を薦めてくれた有野さんが「近くに深夜までやってるお風呂屋さんがある」と言っていたのを思いだした。携帯で地図帳のホームページを呼び出し、検索ボックスに市名と「銭湯」の二文字を打ち込む。すぐに数軒がヒットした。一番近い銭湯はここから歩いて十分もかからない。タオルと着替えを手にアパートを出る。

虎《とら》の湯は川を渡った先のゆるい坂の途中にある、こぢんまりとした銭湯だった。藍《あい》色《いろ》の暖簾《のれん》をくぐるとすぐに番台があり、綿飴《わたあめ》みたいな白髪を紫色に染めた小柄なおばあさんが座っている。料金は四百円だった。すのこの敷かれた脱衣所で服を脱ぎ、ロッカーに荷物をしまう。

女湯には先客がいた。濡《ぬ》れた髪を後頭部でまとめた中年女性が二人、浴槽にのびのびと浸かっている。二人ともどことなく雰囲気に華があり、口が達者そうで、爪に明るい色のマニキュアを塗っていた。この時間に風呂に入っているということは近くの繁華街にでも勤めているのだろうか。女性二人は私が体を洗っているあいだに出て行った。

涼しい匂《にお》いがすると思ったら、なみなみと湯を張った浴槽にはネットに入れた大量のミントの葉が浮かべられていた。ぬるめのお湯に、全身の疲れがほどけていく。

浴場の壁時計の針が午前一時を指し、新しい客が浴室の戸を開けた。

若い女だ。私と同い年か、少し下ぐらいだろう。やせ気味で、小振りな胸の下にあばら骨が浮いている。色白で、全身にほくろが多く、くるみボタンのようにぽこっと突き出た乳首はカフェオレ色をしていた。どことなく濡れた印象のつきまとう、色気のある女だ。洗い場で化粧を落とし、髪と体を洗い、女は私と目線が重ならない位置を選んで浴槽にすべり込む。手持ちぶさたなのか、じゃぶじゃぶとネットのミントを揉《も》む。

女の右目の泣きぼくろを見つけた瞬間、こめかみの辺りで小さな星が瞬《また》いた。

「あ」

私の声に、女が顔を向けた。店のエプロンを着けていないから私だとわからないのだろう。怪訝《けげん》そうに眉を寄せ、目をそらす。私はとっさに首を振って曖昧に会釈《えしやく》をした。

「なんでもないです」

失礼しました、と女に声をかけて一足早く浴場を出た。湯気の上がる体を服で包み、百円のパックの牛乳を飲みながら家路につく。

女は、バファリン女だった。この辺りに住んでいたのだ。今日もバファリンを買ったのだろうか。夜勤のスタッフに噂されながら。

アパートに戻り、部屋の鍵を開ける。ただいま、と言いかけて誰もそれを聞く人がいないことにびっくりした。本当にびっくりした。もう私は、帰宅の時にただいまと言わなくていいのだ。照明をつけ、明日の朝の菓子パンと酒しか入っていない冷蔵庫からビールを取り出す。

おろしたてのシーツは硬く、頬を当てるとぱりぱりと細かいしわが寄った。一日せわしなく過ごしていたので、すぐにまぶたが落ちていく。母に電話をするのは、忘れたことにした。

二日後の夜、コンビニのバイトを終えた三葉くんが遊びに来た。

「引っ越し祝い」

そう言って、小さなミキサーを猫脚テーブルの上に乗せた。一緒に持ってきたリンゴを流しで洗い、慣れた手つきで赤い皮を剝《む》いていく。小さく切ったリンゴと私がウイスキーを飲むために作っておいた氷、持参したガムシロップを混ぜて、一気にミキサーを回した。

並んでベランダに足を出しながらどろどろのリンゴジュースをすすると、ビタミンのつまった味がした。

「レモン汁をいれるともっとうまいよ」

「こんどやってみる」

「静かでいい部屋だね。ベランダ、木の枝すごいけど」

　さざんかが咲くの、と告げてからセックスをした。カーテンをまだ買っていなかったので、誰かに見られてるみたい、と三葉くんは行為の間中ひそひそと笑い続けた。

「私のこと好き？」

　指を絡《から》めて問いかけると、三葉くんは一拍置いて「好きですよ」と返す。私は満足して、しみもニキビも一つもない水気のつまった首筋へ鼻を寄せる。実際に自分が恋人と付き合うまでは、「私のこと好き？」なんて馬鹿っぽい問いかけをする女など、ドラマの中にしかいないと思っていた。けどこれは、キャッチボールみたいなものなのだ。やりとりのあいだ、確かに繋がりがあることを実感できる。ほんとに？　ほんとに好き？　どれぐらい好き？　どんなところが好き？　じゃれついて、固い眉毛に唇を押し当てながら問いを重ねる。投げ返すボールに花やお菓子をくりつけて欲しい。私はそういうものに埋もれているのだと安心させて欲しい。三葉くんは腹筋を揺らして少し笑い、上に乗った私の体をごろんとシーツへ下ろした。

「そんなにいっぺんに言われたって、わかんないです」

「恥ずかしいの？」

「まあ、言いにくいですよ、そりゃ」

スポーツバッグから取りだしたお茶をあおる背中を見ながら、この子の口調がたまに敬語になるのはなぜだろう、と思った。けど、すぐにどうでもよくなって、なめらかな渓谷に似た背筋のくぼみへ舌を這《は》わせた。薄い塩と脂《あぶら》の味がする。

ふるりと肩をふるわせ、耳を赤くした三葉くんは「梨枝さんエロい」と口元のゆるんだしかめっ面で覆《おお》い被さってきた。それは慣れると、夏場の猫が皿の水を延々と飲み続けるようにだらだらと終わりなく続いた。汗に湿った短い髪の根元をくすぐる。黒々と光る眼がこちらを見下ろす。ああ、いい。気持ちがいい。花やお菓子や手のひらや、とにかく善いものに埋められて、これはとても、安心だ。思って体の力を抜いた瞬間、こめかみを長い針が貫いた。

くだらない、馬鹿な、みっともない、あんな女に、許してないからね。ばらばらと鼓膜《こまく》を跳ねる金属質な声に全身の毛穴からどっと冷や汗が噴き出す。また、なにか間違っているのだろうか。私と同年代のまっとうな女性はもっとちゃんとした相手とちゃんとした恋愛をするのだろうか。周りに比べ、私だけが著しくみっともないことをしているのだろうか。そうだ、みっともない。この子が卒業するとき私はもう三十を越えている。今まで以上にモテなくなるのに、結婚相手だって探さなきゃならないのに、そのうちどうせ溌剌《はつらつ》とした若い女の子に乗り換えられるのに、こんな学生の気まぐれに舞い上がって、馬鹿みたいだ。みっともない笑われるそうだお母さんがなにか言っていた。「三葉くん」と呼びかけてうなじを撫《な》でる。へ？　と水から上がったような声を上げて、黒い目がこちらを向く。

「ゴム、破れてないよね」

「え、変な感じする？」

「ううん、そうじゃないけど」

根本を押さえながら不格好に抜き取り、三葉くんは目線を下ろした。

「破れてないよ」

「そっか」

頷《うなず》く間もなく押し込まれたものはもうまったくの異物でしか無くて、腰を引かれるたびに乾いた粘膜がひりひりと痛んだ。

終わった後、シャワーを浴びた彼に「ちゃんと帰ってね」と告げると、三葉くんはきょとんと目を丸くした。

「泊まっちゃだめなの？」

「ダメ」

「なんで?」

「みっともないから」

「なにがみっともないの?」

そんなこと言われたってうまく説明できない。黙り込むと、三葉くんは妙に大人っぽく唇の両端をあげて笑った。穏やかな声が問いを重ねる。

「俺ってみっともないの?」

温めた豆腐のように弛緩《しかん》していた肌がぴりっと緊張する。三葉くんの目は私を笑っているようにも見えた。この目から、こういう目から逃れたいといつも思っているのに、どうしてだろう、逃げようと思うほど出会ってしまう。慌《あわ》てて首を振った。

「そういう意味じゃないよ」

「ふーん」

「ただ……まだ引っ越して、間もないから、誰かに泊まってもらうの、恥ずかしいんだ」

我ながらよくわからない。恥ずかしい、じゃなくて落ち着かない、のほうが自然だったと言い終わった後に気付く。三葉くんは言葉が終わるまでじっと私の顔を眺め、よくわかんねえけど、と呟《つぶや》いて湿った髪を乱雑にふいた。Tシャツをかぶり、チェーンの付いたジーンズを引っ張り上げる。

「帰ります。なんか都合悪いのはわかった」

「ごめんね」

「いーです、いーです」

スポーツバッグを体に回し、玄関にしゃがんだ背中を見ているうちに、急にいてもたってもいられなくなった。怒っただろうか。怒ったのかもしれない。また失敗した。どうすればいいんだろう。小さなものが胸ではたはたと素早く跳ね、はやくなんとかしろ、と急《せ》き立てる。それじゃあ、と言いかけて立ち上がった肩へ腕を回して抱きしめた。

「ごめんね、こんど埋め合わせする」

棒のように立ったまま、三葉くんはなかなかなにも言わなかった。やっぱり怒っているのかと顔をあげると、私の目から逃げるように顔をそらす。唇を突き出した横顔はどこか幼く、ふてくされていた。

「あのさ、梨枝さんって魔性の女とか狙《ねら》ってんの？」

「え？」

「あんま年下からかって遊ばないで」

ぽん、ぽん、と私の頭に片手を弾ませ、三葉くんはぎこちない顔のまま部屋を出て行った。なにが魔性なのか、さっぱりわからなかった。ただ一つわかったのは、なに一つ、本当にびっくりするほどなに一つ、私と彼はお互いの言っていることがわからないということだけだった。わからなくてもセックスはできるし、関係は続く。わからないから、続くのかもしれない。

閉じた扉を見つめるうちに、悪寒《おかん》に似た心細さが足を這い上がってきた。

それで、私は、どうして三葉くんを追い出したのだろう。二十八年も生きてきて、触ってくれたのはあの子だけなのに。どうして追い出せたのだろう。とん、と冷たいものを振り払うように足踏みをした。三回ぐらい、お泊りを断ったら、普通だろうか。変じゃないだろうか。本当の付き合いだと認めてもらえるだろうか。とん、とん、と床板を踏む足音が音の無い部屋へ響く。

離れて暮らして日が経《た》つほど、電話越しの母が崩れていく。

どうしてるの困ってるでしょうなんであまり電話しないのやっぱり行ってあげようかちょっとあんた嫁入り前なんだからまさかと思うけど男なんて引っ張り込むんじゃないわよいい年して妊娠でもしたらみっともない光熱費やガス代の節約の仕方わかん

ないでしょう教えてあげるから次の週末帰ってきなさいあと今度簡単に食べられそうなもの箱詰めにして送るから受け取りなさいねえなんであんたは出て行っちゃったの就活の時にはひやひやしたけど結局あんたが地元勤務に決まってお母さんすごく嬉《うれ》しかったのに家のローンだってがんばって払い終わったのにどうして出て行っちゃったの結婚だって嫌そうだったから無理強いはしなかったしわがままだって聞いてあげたし家にはなんでもあったでしょうあんたの好きなものはなんでもあったでしょう。

確かに家にはなんでもあった。ロクシタンのシャンプー、ローズマリーの香りを広げるアロマポッド、セリーヌ・ディオンのCD、母とおそろいで買った羽のように軽いアルパカのセーター。野菜は千葉の農家から月に二回配送して貰っていた。テレビで紹介された人気のケーキを取り寄せて、深夜にお互いの職場の愚痴を言いながら一緒に食べた。母は子供の頃と変わらず私に服を買いたがり、私もそれを当然のこととして受け入れていた。兄が家を出た十年前からもうずっと、こんなぶあつい毛布にくるまれた無痛の日々が続いてきた。母を好きだと思っていた。それなのに、箱の外に出たら、もうあの家には帰れなかった。

「お母さん、頼むから落ち着いてよ」

「落ち着けるわけないじゃない。なんで、どうしてなの？　私がなにか悪いことした？　ずっとがんばってきたのに、どうしてあんたはあんな簡単に出て行ったの？」

「たまたま兄ちゃんの引っ越しの都合で、その方がいいかなってなっただけでしょう。大げさにしすぎ」

「嘘《うそ》よ、あんたはあれを口実にしたの！　でも、どうして」

母は鋭かった。電話を終え、耳鳴りのする左耳を押さえながら布団へ寝転ぶ。引っ越し初日から、私はほとんど布団を押し入れにしまっていない。

どうして母を捨てなければならないのだろう。だってあの家に守られながら、私の「恥ずかしいこと」は、何一つ解消されなかったのだ。自分でカーテンを買ってみたかった。生クリームがたっぷりのった菓子パンを朝ごはんにしてみたかった。知らない間に片づけられてしまうものではなく、この布団みたいな、私が動かさない限りいつまでもそのままになっているものが欲しかった。

買ったばかりのカーテンへ目を向ける。裾《すそ》にレースの縁取りが付いた黒い薔薇柄のカーテン。いい歳して馬鹿みたい、と思いながらも、見ているうちに胸が高鳴り、どうしても我慢できずに買った。念のため、何かあったらいつでも取り換えられるよう同じサイズの無地のカーテンも一緒に買っておいた。私はこわくなるといつも二つ買う。一つ、「きっと誰からも馬鹿にされないで済むだろう」と思うものを用意せずにいられない。

二回目に遊びに来たとき、黒薔薇のカーテンを初めて見た三葉くんはぷはっと噴き出した。梨枝さんの趣味すげー、と大笑いしてはやしたてる。

「こんなの好きだったんだ。いつもジーパンだし、わかんなかった。こういうレースとか花のついた服は着ないの？」

「足太いし、似合わないよ。それに、アラサー女がこんなの着たらイタイって」

「むしろ、足太い女子ほどスカートで隠してない？　花柄を着てる人なんて山ほどいるじゃん。俺、たまには梨枝さんの女の子っぽいカッコ見たいなあ」

三葉くんはいかにも適当な口調で「似合う似合う」と言い散らした。次の休日、私は近所の古着店の二千円コーナーで薄紫の下地に白い花が散らされたロングスカートを買った。アパートに戻ってそうっとスカートに足を通し、畳のささくれた六畳間で裾をふくらませながらくるくると回る。ここには、私しかいないのだ。どんなに似合わない服を着たって、三葉くんさえ変に思わなければいいのだと、足がもつれて横倒しに転びながらようやくわかった。

四回目の訪問で、いつも通りに帰りかける三葉くんの手を握った。泊まっていって いいよ、と言うと、彼はぱっと頬のあたりを明るくして抱きついてきた。犬がなつくように、お湯の匂いが残る頬を首筋へ押し付けられる。

「梨枝さんガード固すぎ！　俺どんだけ遊ばれてんのって思ってた！」

　ゲームのボスを倒すときにも同じことを言っていた。これがどのくらい彼にとって真剣な言葉なのか、よくわからない。わからないけど、この温かくて固い男の子と一緒にいると、少しずつ「やってもいいこと」が増えていく。いつのまにか、増やしてくれる。汗を吸ったシーツに並んで寝ころび、手ぇつないで寝ましょう、と誘われて骨っぽい手と指を絡めた。

　電気を消した瞬間、ずっと探していたものがやっと手に入った気がした。私の中に、生まれつき人に比べて半分しかない臓器があって、冷えて縮こまったそのかたまりに温かく脈打つ残りのパーツがようやくはめ込まれたような、そんな充足感だった。

　夜中に雨音で目が覚めた。いつのまにか降り出したらしく、ガラス戸が水滴でにじんでいる。部屋が青暗い。まだ慣れない木目模様の天井。隣には体を丸めて眠る男の子。つないだ手はいつのまにか外れていた。眠っている三葉くんはいつもよりかわいい。弱くて無防備だからかわいいのかもしれない。少し乾いた唇に触れる。柔らかみを押し潰せば、指先に小さな火がともった気がした。

　水の流れる音がする。まぶたを下ろす。真夜中の川の流れに乗って、この小さな部屋が遠くへ運ばれていく夢を見た。実家からつながる肉の緒を断って、遠くへ。

その三日後、三葉くんの手のひらに部屋の合い鍵を乗せた。三葉くんは口をへの字にして少し照れ、その次に来た時に私の枕《まくら》の下へ自分のアパートの鍵を隠していった。私は薄い銀色の鍵をアクセサリーを入れている小物入れへしまった。一人の夜はその鍵をもてあそびながら焼酎《しょうちゅう》をあおった。自分の体温でぬくもった鍵を握りしめているうちに、足を這い上がる悪寒はどこかへ消えた。

母からの電話は、引っ越しからひと月ほど経ってぱたりとやんだ。兄夫婦が実家に引っ越してきたのと同じタイミングだった。夏が終わろうとしていた。

5

近くの和菓子屋が「丹波栗《たんばぐり》、入荷しました」と貼《は》り紙をしていたので、栗まんじゅうを四つ買って実家を訪ねてみることにした。ちりんちりんと走りながら無意味に自転車のベルを鳴らす。お土産をもって実家に向かうのは不思議な気分だ。

玄関で鍵を取りだして、やっぱりしまう。呼び鈴を鳴らすと、はぁい、となめらかな声が返り、すみれ色のワンピースを着た雪ちゃんが顔を出した。お腹《なか》が、スイカ一個どころか、さらにグレープフルーツを二つ三つ詰め込んだくらい大きく見える。

「久しぶり」

「お腹すごいねえ」

「もー出るよー。二週間ぐらいですっぽーんと出るよー。長かったわあ。さ、上がって」

靴を脱いでリビングへ向かうと、家の匂いが変わっていた。ナッツみたいな香ばしい匂いと、干し草みたいな甘酸《あまず》っぱい匂いが混ざっている。兄と雪ちゃんの匂いだろうか。見たことのないクッションやスリッパが増えている。どこに座るべきか迷い、ひとまずリビングのローテーブルのそばに座っていると、雪ちゃんがパックの紅茶をいれてくれた。母は緑茶も紅茶もジャスミンティもなにもかも茶葉で買って、急須《きゅうす》で淹《い》れて飲む人なので、この家でお茶のパックを見るのは目新しい。雪ちゃんは自分用に冷蔵庫からコーン茶をとりだした。

「あ」

急にすっとんきょうな声を上げて私の前に正座し、雪ちゃんは「おかえり、梨枝」と言った。妙に顔がかゆくなるのを感じながら、「ただいま」と笑う。

「変な感じ」

「変じゃないよ。梨枝の家だもん」

「雪ちゃんはこの家に慣れた？」

「うーん、ぼちぼちかな。紀子さん、いっつも梨枝の心配してる。もっと電話したげなよ」

そうだねえ、仕事忙しくてさ、ととっさに身を守る心地で返すと、雪ちゃんはにこにこと微笑みながら「孝行したいときに親はなしって言うからねえ」と甘いものでも嚙《か》みしめるような声で言った。

母と兄は仕事に出ていた。平日の昼間なのだから当たり前だ。私みたいな接客業は、なかなか世間の人と休日が重ならない。雪ちゃんと一緒にお茶を飲みながら持参した栗まんじゅうを頰ばる。

雪ちゃんの手足は細いままで、妊娠十ヶ月のお腹だけがぽこんと大きく張り出していた。触らせてもらうと、案外固い。ぜったい力を入れてはいけない、と思うからこそ、余計に指先がおののいて固く感じるのかもしれない。

「もっと柔らかいんだと思ってた」

「柔らかいときと固いときがあるの」

「雪ちゃん、今なにしてたの？」

「パソコン」

「パソコン？」

見る？　とまんじゅうを食べ終えた雪ちゃんはローテーブルの下からノートパソコンを取りだした。スリープモードになっていた画面を起こすと、すぐに「みつばち相談室」という題字の書かれたパステルカラーのホームページが出てきた。ページのあちこちにミツバチや花やハートなどのメルヘンなイラストがちりばめられている。左端のダイアログボックスに雪ちゃんがかちゃかちゃと文字を打ち込み、個人ページにログインする。

【クローバーうさぎさんに相談が七件届いています。】と目立つ赤文字がページのトップに躍り出た。

「クローバーうさぎさん？」

「私のこと」

ホームページには、よく見ると他にも、苺《いちご》やしきさん、クロマニヨンさん、あおむしさんなど計六人のハンドルネームが太字で並んでいた。

雪ちゃんはコーン茶を飲みながら赤文字をクリックした。画面いっぱいに、たくさんの声があふれる。子供がナイフを持ち歩いているみたいなのですが、取り上げた方が良いでしょうか。父親が風呂場《ふろば》でおしっこをするんです。上手な片づけのしかた、教えてください。お金を出さずに女の人とセックスをするにはどうすればいいですか。同窓会にどんな服を着ていくべきでしょうか。質問の一つ一つを真面目《まじめ》に読み込み、雪ちゃんはかたかたとキーボードを鳴らす。ナイフを取り上げるよりも、なんでナイフを持ちたくなったのかお子さんに聞いてみるのはいかがでしょう。おしっこがしたくなるのは水場だからでしょうね、やめてくれないなら、用を足したあとに消臭・除菌スプレーを噴きかけるよう頼んでみては。片づけ、私も苦手です。一日十五分って区切ってやると良いらしいですよ。そんな、いかにもそれらしい回答を雪ちゃんは無表情のまま打ち込んでいく。

いくつかの相談に返事をするうちに、リロリロリン、と軽快な電子音が鳴り、画面の右端に黄色い星マークが飛び出した。雪ちゃんはちらとも目線を動かさずに「礼儀がなっていないスーパーの店員を懲《こ》らしめる方法」に返事を打ち込み続けている。

「雪ちゃん、今の」

「うん」

たん、とエンターキーを押し、彼女は七つの相談に返信を終えた。画面を切りかえると、すでに二件も新しい相談が届いている。それを素通りして、雪ちゃんは画面右上の星マークのボタンを押した。ページが切りかわり、画面いっぱいに上から下まで、こんぺいとうみたいなカドの丸い星がずらずらと並んだ。

「相談した人が、回答に満足したら星をくれるの」

画面をいくらスクロールしても、まるで幅広のリボンのように、何百何千と途切れることなく星は続く。そうするあいだにもまた、リロリロリン、と新しい星がページの末尾に加わった。わたし、けっこう人気あるんだ、と雪ちゃんが小さな声で付け足した。

　午後の日射《ひざ》しにぬくまったリビングは静かで、子供の頃の私たちがひたりと寄り添っていた場所と似ていた。雪ちゃんに、くっつきたいような気がした。けれど、このお腹が大きく、スーパーの店員を懲らしめる方法にくわしい見知らぬ女の人にどう触れたらいいのか、もうわからなかった。

　夕方、雪ちゃんは肉をたくさん入れた野菜炒《いた》めを作った。他に、山盛りの冷や麦と、くし切りにしたトマトが食卓に並ぶ。帰宅した兄は私を見て「お」と鈍い声を上げた。首回りや背中が数年前に会ったときよりもふっくらしている。スーツがきつそうだ。細くあっさりとした一重の目は、父に似ている。逆に私は母と似ていて、目も鼻も丸い狸《たぬき》のような顔をしている。性格は逆で、母の気の強さを兄が、父の気の弱さを私が受け継いだ。遺伝子が均等に混ざっている。

「どうだ、新生活」

「順調です」

「よかったな」

　六歳も年が離れているせいか、私はあまり兄と親しく過ごした記憶がない。ゲームをしている手元を横から覗《のぞ》き込んだり、二本入りのアイスを分けたりしたぐらいは断片的に覚えている。けど、私が物心ついた頃には兄は既に思春期で、あまり遊んでくれなかった。

最後に母が帰宅した。あんなに帰ってこい帰ってこいと繰り返していたくせに、母は私を見ても「あら、来たのね」と肩をすくめるだけだった。なんだかぼうっとして、疲れているのか、頬の色が暗くなったように見える。全員がそろうのを待ってテーブルについた。

冷や麦は箸《はし》でつまむたびにぷつぷつと千切れ、肉野菜炒めは塩気がきつかった。雪ちゃんはあまり料理が得意でないようだ。私がもし同じものを作ったら機関銃のように文句を放つだろうに、母は黙ってトマトばかりたくさん食べていた。

テレビは淡々と本日のニュースを流している。遠くの国で旅客機が墜落し、乗員・乗客合わせて四十五人が亡《な》くなった。自治体職員が数千万円を着服していた。続くスポーツニュースのサッカーワールドカップ予選では日本がグループ首位に浮上。兄も雪ちゃんも母も黙々と箸を動かすばかりで、ろくにしゃべらない。食事時にニュースを流すのは、兄の趣味だろうか。

食後、兄は風呂場へ向かい、母は寝床にしている和室へ早々に引き上げた。

「作り過ぎちゃった」

半分ほど残った塩辛い肉野菜炒めを、雪ちゃんは流しの三角コーナーへ捨てる。私は皿洗いを手伝うことにした。

「母さん元気？」

「赤ん坊のベッドをどこに置くかで啓ちゃんと揉めたばかり。啓ちゃんは様子を見に行きやすいから二階の私の部屋がいいだろうって。紀子さんは一階の方が日当たりも風通しもいいし、なんなら私も、子供が育つまでは一緒に一階で寝なさいって」

「ややこしいねえ」

「でも、ある程度は覚悟してた」

「覚悟？」

「啓ちゃんが、うちはおふくろが子供にべったりで大変だけど、親父《おやじ》もいないし、俺は長男だから最後は帰って面倒みなきゃいけないんだ、って前から言ってたの」

床の感覚がふと遠くなる。父が出て行った後、一人で私と兄の授業参観や保護者面談に出席し、働いて、家のローンまで完済した母は、いつのまにか兄の中で大変で面倒なものになっていた。

けど、兄夫婦が帰ってこなければ、私はこの家を出られなかった。それは確かだ。

洗い終わった皿をふきんでぬぐい、母の和室を訪ねる。

「帰るね。また来る」

言いながらふすまを開けて、驚いた。いつもすみずみまで整頓《せいとん》され、アロマポッドが爽《さわ》やかな香りを漂わせていた母の寝室は雑然と散らかっていた。畳のあちこちに食べ物や脱いだ服が放り出され、布団に寝転んで観《み》られる位置に小型のテレビが持ち込まれている。布団も、長らく敷きっぱなしなのだろう。シーツに糸くずや食べかすが散っていた。これじゃあまるで、私の部屋だ。神経質なぐらいきれい好きだった母は、どこに行ってしまったのだろう。

化粧も落とさないまま布団に寝転がり、海老《えび》せんべいをつまんでいる老《ふ》けた女は、みっともなかった。みっともない、と思った後に、かわいそうになる。声は小さく、視線も弱くなった。兄が、母を軽んじるから悪いのだろうか。

母は視線をテレビのバラエティ番組へ据えたまま、じゃあね、とおざなりに手を揺らした。

「あのさ、兄ちゃん達からいくらか家賃、もらってもいいと思う」

母はかつて、「ここはあんたの家なのよ、アパートじゃないのよ」と言って、私がお給料をもらうようになってからも食費や光熱費を頑として受け取らなかった。けれど、兄は違う。確かに母の言う通り、母の子供としてではなく、力が強く声の大きい、一人の大人としてこの家に戻ってきた。

肩を持つつもりで言ったのに、母はあきれ顔でこちらを振り返った。

「お金なんかちっとも欲しくないわよ。いいからあんたは帰りなさい。明日も仕事でしょう」

じゃあ、なんなら母を慰めるのだろう。

帰り際《ぎわ》、私は冷蔵庫を開けて中身をのぞいた。バターや漬け物、納豆などが並ぶ中に、私がいつも切らさないようにしていた「ふるりん雪どけ桃杏仁《あんにん》豆腐」は入っていなかった。

自転車のライトをともし、とっぷりと暮れた夜の道を進んでいく。途中で心細くなって、ちりちりと何度もベルを鳴らした。

アパートに帰ってなんとなく携帯を開き、三葉くんのメールを見つけてほっとした。休みの日、海に行きませんか。たった一行のメールで、頭の中にブランド広告みたいな花とお菓子があふれ出す。母の薄汚れた部屋も、雪ちゃんの料理がまずいことも、会話のない食卓も、遥《はる》か彼方《かなた》へ遠ざかる。

海へ、私はまた新しく買ったロングスカートを穿《は》いていった。休日に、わざわざ電車を乗り継いで出て行った都心の百貨店で店員さんに勧められたものだ。紺色の生地に花や貝殻の模様がたくさんプリントされていて、裾の方はサーモンピンクに色が切りかわる。

三葉くんは私のスカート姿を見て、「またひらひらだ」と慣れないものへ触るように布地のひだへ指をすべらせた。彼は短パンに黄緑色のTシャツを合わせている。肌寒かったので海には入らず、並んで波打ち際を散歩した。砂浜のベンチに腰かけて屋台の焼きそばを食べていると、三葉くんの尻《しり》のそばを一匹の蜘蛛《くも》が這っているのに気づいた。親指の爪《つめ》ほどの大きさの蜘蛛だった。

「三葉くん」

「ん」

三葉くんは箸を置き、指を蜘蛛のそばへ下ろした。蜘蛛は突如現れた巨大な柱に戸惑う様子で足を速め、右へ左へと蛇行しながら進路を塞《ふさ》がれる形で三葉くんの人差し指へ乗り上げた。八本の足をひそひそとうごめかせて手首の方へ下る。三葉くんは肘《ひじ》を持ち上げて蜘蛛を自分の顔へ近づけ、じっとその小さな体を眺めた。肘へ到達しそうになると、進路をもう一方の手の指で塞いで乗り移らせ、蜘蛛の旅路を振り出しに戻す。

「俺、こういうの見てるの好きなの」

「そう」

蜘蛛はえんえんと終わりのない肌色の道を歩いている。三葉くんは、蜘蛛の何を見ているのだろう。やがて彼は無造作に虫の体を指で弾《はじ》いた。粒は軽く軽く放物線を描いて砂浜の色へと溶けて消える。

「三葉くんが来る前、お店に、蜘蛛に触れない男の人がいたよ」

「へえ、なんでだろう」

「潰しちゃうのがこわいみたいだった」

「生きづらそうな人だなあ」

三葉くんは小さくあくびをして、あれ行ってみましょう、と海のそばに建てられた水族館の建物を指差した。

蜘蛛を潰せない柳原さんは、きっと私と同じで、人に「きらい」と言えない人だったのだろう。三葉くんは砂浜を踏んで水族館の方向へ歩いて行く。私も遅れないようベンチを立ち、だらりと垂らされた彼の右手をとった。歩き出したほんの一瞬、私のサンダルの下で砂に埋もれた蜘蛛が卵みたいにくしゃりと潰れる空想が頭をよぎる。けど、握りしめた手の熱さが気持ちよかったので、すぐにどうでも良くなった。

そう、蜘蛛なんて、どうでも良いくらいで普通なのだ。柳原さんは「ビョーキ」だったのだ。だからあんなみっともない弱さを飼い太らせてしまったのだ。まっとうで力強い人間になるには、あの人から反対の方向へ一直線に走らなければならない。いつも、思い浮かべるたびに揺れる。柳原さんと話がしたいと思ったり、関わりたくないと思ったり、記憶の中の柳原さんはなに一つ変わらないのに、時間が経つにつれあの人に対する私の立ち位置がぐるぐると変わる。

水槽を泳ぐアザラシやペンギンを眺め、触れあいコーナーのヒトデをひっくり返してから電車に揺られて私のアパートへ帰った。短いセックスをして、シャワーを浴び、お腹がすいたので駅前でラーメンをすする。今日は麺《めん》類ばかり食べている。

そばを通った店員に替え玉を注文しながら、そういえば、と三葉くんが口を開いた。

「花を、つんじゃだめって言われたことあるな。俺も」

「花？」

「ほら、さっきの蜘蛛を潰せない男の人の話」

花をつんではだめ、と諭したのは三葉くんのお姉さんだったのだという。

「かわいそうなことするなって」

「やさしいなあ」

「あの、苺にクラシック音楽を聴かせながら育てると実が甘くなるとか、植物に感情があるとか、そんな番組を割と真剣に観てる人でした」

たしか俺が小学校低学年の頃の、母の日でした、と三葉くんは切り出した。ホームルームの時間に作った折り紙のカーネーションを手に下校している途中、幼い三葉くんはふと、紙じゃなくて本物の花をつんで帰ればいいじゃないか、と思った。こんな紙で作った偽物《にせもの》よりもそっちの方がずっと華やかだし気が利《き》いている。

さっそく折り紙の花を放り出し、道ばたにしゃがんで野の花をつんだ。数時間前に雨が上がったばかりで、花弁の内側に宝石のような露《つゆ》をためた花々は、折りとるたびにぷつんぷつんとみずみずしい音を立てた。オオイヌノフグリにカラスノエンドウ、シロツメクサとキンポウゲ。春のあぜ道には多様な花が咲いていて、すぐに色鮮やかなブーケが出来上がった。母はさぞ喜んでくれるだろう。

「そこで俺は、欲を出した。もっとたくさんお礼を言われて、もっともっと褒められたい。そうだ、姉の分も花を集めようって。発表会が近かったから、髪に飾れるような小さな花束を作ることにしました」

「発表会？」

「姉は五歳から母のすすめでバレエを習ってました」

幼い三葉くんはシロツメクサを中心に白い花をつんで回った。前に観に行った発表会で、姉の衣装が白だったことが記憶に残っていた。指は草の汁でべたべたと汚れ、強く握りしめ続けたせいで先に作った花束はしなびていった。

陽平、なにしてるの？　という姉の声に振り返る瞬間は、体中が誇らしさではち切れそうだった。姉ちゃん、母の日だよ。姉ちゃんの分も花束作ったんだ。これ、次の発表会で髪に付けてよ。

「俺は姉が踊る姿がずいぶん好きでした。姉は、顔も地味だし、大人しいし、普段はぜんぜん目立たないたちなのに、舞台の上だと別人なんです。姉が踊りだすと、なにも音楽が流されていないときでも、なにか音楽みたいなものが聞こえた。手や足の先に、花が咲いてるみたいに見えた。発表会ではいつも主役で、王子に恋をする哀れな白鳥や糸車に指を刺されて眠ってしまうお姫さまなんかを踊ってた。実際、才能みたいなものがあったんだろうな。姉はその後もずっとバレエを続け、今はドイツのバレエ団に所属しています。そんな、近所でも評判の姉の演技の手伝いができるとしたら、すごいことです。あの髪飾りは俺が作ったんだ、ってみんなに自慢できる」

それなのに、白い花束を差しだされた姉の表情はみるみる曇っていった。あのね、と何度か口ごもり、花束を弟の手へ押し戻す。嬉しいよ、ありがとう。でもね、お姉ちゃん、お花つむのいやなの。お花、痛かったらかわいそうでしょう。幼い三葉くんはぽかんとしながら、姉の強張《こわば》った顔を見返した。

「六歳かそこらのガキに、そんな微妙なこと言うなっつー話ですよね」

「それで、三葉くんどうしたの」

「急にカッて頭に血が上って、気がついたら花束を地面に叩《たた》きつけていました。だって、馬鹿馬鹿《ばかばか》しいじゃないですか。俺は口がきけて、嬉しいとか悲しいとか痛いとか、感情があるってわかってるのに、姉は、なにも言わない、痛覚があるのかもわからない野っぱらの花の方を優先したんだ。不思議なもんで、花束を踏みながら、だんだん悲しくなってきた。どっちかっていうと姉を悲しませるつもりでやったはずなのに、自分で自分の心を踏みにじってる気分になってきたんです。途中からわーわー泣き出して、走って家に帰りました」

母親のために用意した花束も放り出し、泣きながら家へ帰った三葉くんは出迎えた母親のエプロンにしがみついて「喜ばせようと思ったのに、姉にこんなひどいことを言われた」と訴えた。青い顔で帰宅した姉は玄関口で叱《しか》られ、けれど、唇を噛みしめたまま何も喋《しゃべ》らなかった。

会計を済ませ、ラーメン屋ののれんをくぐる。指先を手のひらのくぼみへ触れさせると、彼は自然と手を握ってくれた。

「その日から、花がだいっきらいになりました。いやな思いをしたってのもあるけど、姉の一件があってから、どんなつまんない花でも、踏むと小さな声で鳴くような、そんな気味の悪いイメージを持つようになったんです」

「花はどんな声で鳴くの？」

「キュウ、とか、イタイ、とかですね」

「ちょっとこわいね」

「こわい。それまでなんとも思っていなかったものに、自分は憎まれているかもしれないって思う瞬間はすごくこわい。もともと繊細だとは知ってたけど、姉はこんな気味の悪い世界で生きてんだなあと思いました」

コンビニで明日の朝ごはんを買うことにする。今日、泊まっていいですか？　とハムサンドを取りながら聞かれて頷いた。気がつけば、彼は週の半分くらいはうちに泊まりに来るようになっている。

アパートに戻って珈琲《コーヒー》をいれているうちに、花束を踏みつけた幼い三葉くんの後ろ姿がまぶたに浮かんだ。その花も、小さな声でキュウキュウと鳴いたのだろうか。

「私も、三葉くんといるときには花をつまないようにする」

珈琲のマグを手渡しながら告げると、三葉くんは嬉しそうに肩へ寄りかかってきた。秘密を打ち明けられることは嬉しい。なにかを差しだせることはもっと嬉しい。まじないみたいだ。甘い菓子で出来たまじない。

「そういや、こないだの卵、まだ残ってる？　食っちゃった？」

「まだ食べてないよ。冷蔵庫に残ってる」

「んじゃ、明日の朝めしは卵スープつけます」

「三葉くん、ほんと料理が好きだね」

「好きっていうより、姉のオーディションだの留学だので、親が忙しくて。学生の頃から、あんたは適当になんか食べてなさい、ってほっとかれることが多かったんです」

「うちと逆だ。うちはお母さん、すごく子供にべったりなの。三葉くんの家みたいに信頼して、ほっといてくれる家に生まれたかったな」

「でも俺、自分の親、きらいですよ」

え、と小さく聞き返した。親がきらいって、こんな風にあっさりと人に言って、良いものだったのか。三葉くんは静かな顔で、砂糖とミルクで甘くした珈琲の水面にふうっと息を吹きかけた。

「あんまり、頭の良くない人たちでした。姉がコンクールで優勝したり、バレエ団から声をかけられたりすればするほど、自分らが努力したわけでもないのに舞い上がっちゃって。次はどこのコンクールだ、次はどこの舞台でこの役を射止めろって、際限なく娘の尻を叩き続けた。四年前、二十歳になったばかりの姉は今のバレエ団に入った直後に左耳の聴力を失いました。他にも、カウンセリングの先生に言われてはじめてわかったことですが、姉のわき腹は、剃刀《かみそり》で自傷した十何年分の傷跡で紙やすりみたいになっていました。たぶん手首や腕は、演技で目立つから、切れなかったんですね」

俺は、あの人たちがだいきらいです。そう、まるで当たり前のことのように口にする彼の目も、声も、固くひらべったい金属の板のようだった。出会った頃に感じた、「ひやり」の根源。誰にだって、ためらいなく「きらい」と言えるわけだ、と目の前が暗くなるように思う。

三葉くんはそれから目の光をぎらぎらと強くして、息苦しそうに寝返りばかり打っていた。「だめだ、ごめん、煙草《たばこ》吸ってくる」と断ってベランダに立ち、吸い終わると、きつく目を閉じて小犬がなつくようにすり寄ってくる。梨枝さん、梨枝さん。狭い布団に二人分の枕を並べ、私は電灯の紐《ひも》を引いた。隣で丸くなる三葉くんの指からは煙草の匂《にお》いがいつまでも漂っていた。

軽くて、みずみずしくて、寄りかかられても寄りかかられても重さがないようだった男の子を、はじめて重たく感じた。私の頭の中に渦を巻く、二十八年分のよくわからないもの、冷たいもの、不安なもの、嫌なもの。それとまったく同種のものがこの子の中にもあった。当たり前だ。当たり前のことを、今まで考えなかった。私のみっともなさだけでもじゅうぶん息苦しいのに、それに三葉くんの分まで加わると思うと、逃げ出してしまいたくなる。人と付き合うって、こんなに憂鬱《ゆううつ》なことだったのか。

あんまり、頭の良くない人たちでした。

嘲笑《ちょうしょう》が、青暗い天井に浮かぶ。

三葉くんなら、私の母をどんな風に言うだろう。子離れしない未熟な人、神経質な親、そう誰かに断言してもらえたら、どんなに良いだろう。

目を閉じると、薄暗い病院の廊下で祖父母に頭を下げている母の背中が蘇《よみがえ》った。祖母は泣きながら母の肩をつかんで揺さぶった。どうして気づかなかったの、ねえ。あの子が苦しんでいたのに、どうして母親のあなたは馬鹿みたいにうどんなんか茹《ゆ》でていられたの。祖母の爪が母の頬に食い込みかけたところで祖父が割って入った。母はすみません、とバネの壊れたおもちゃのように頭を下げ続けていた。

母と同じ貿易会社に勤める父は、中国へ出張中だった。運悪く空港が濃霧で閉鎖され、父が帰国できたのは弟が亡くなって五日も経った後のことだった。父が戻るまでの間、母は私を寝かしつけると毎晩葬儀場へ出かけ、弟の遺体に寄り添い続けた。あの数日間、母がどれだけ音のない暗い場所に取り残されていたのか、私も、兄も、誰も知らない。

夜になって、中学の制服姿の兄が私を迎えに来た。兄に手を引かれつつ背後を振り返り、一人で病院の廊下にたたずむ母を見た瞬間、かわいそうだと思った。そうだ、その時に初めてそう思ったのだ。運命の黒い手に体をえぐられた人。足元に血溜《ちだ》まりの出来た人。そんな風に見えた。母の傷口を私の体で埋めようとするのは、七歳の私にとって当たり前のことだった。ずっと母のそばにいよう。ずっと母の味方でいよう、と思った。

葬儀を終えて、母は荒れた。特に帰国した父に対しての風当たりは凄《すさ》まじかった。深夜になると、一階の台所から響く母の泣き声が二階まで聞こえる。どうして、と母は繰り返した。なにが「どうして」なんだろう。喧嘩《けんか》が始まるたび、私は兄の部屋へと避難して毛布にくるまらせてもらっていた。兄は下の騒ぎは聞こえないフリをしてゲームに集中していた。どうして、どうして。どうしてが家の中に降り積もっていく。

母よりも年下で、どちらかといえば柔らかい性格をしていた父は、妻の嵐《あらし》に押されるようにしてやつれていった。母の、「私が一番辛《つら》かった時にあなたはいなかった」は、いつしか夫婦喧嘩の常套句《じょうとうく》になった。

父が家を出て行ったのは、それから一年後のことだ。

「親父が悪いわけじゃないのに」

車に最後の荷物を詰め込んだ父を見送り、自室へ戻った兄は父が残していったワープロの表面を撫《な》でながらぽつりとこぼした。私は頷《うなず》いた。そうだ。父が悪いわけではない。けど、母だって悪くなかったのに、あんなに恐ろしい場所で頭を下げ続けなければならなかった。

父が去ってから、少しずつ兄は母へ冷淡な態度を取るようになった。それに伴い、彼が部屋で飼育している虫や小動物の数は増した。胴体にみっしりと毛が生えた大きな蜘蛛の水槽が運び込まれるのを見た日を境に、私は兄の部屋に行くのをやめた。

過去のことを考えると、余計にわからなくなる。七歳の私は迷いなく「母を助けよう」と思っていた。二十八歳の私は、全力で母の手を振り切って、今、会って間もない男の子と眠っている。どうして私は、母とうまく行かなかったのだろう。私と母のどちらが、どれだけ悪かったのだろう。

翌日は早番だった。退勤後に駅前へ向かい、ネットカフェを探す。私のアパートにはパソコンがない。一階がゲームセンターになっているビルの上層階に店舗を見つけ、埃《ほこり》くさいエレベーターへ乗り込んだ。店に入って受付を済ませ、黒い仕切りで囲われた小部屋へ案内される。

パソコンを起動させて検索ボックスに「みつばち相談室」と打ち込んだところ、すぐに見たことのあるパステルカラーのトップページが画面に表示された。

前に見たときには雪ちゃんの肩ごしだったのでよくわからなかったけれど、どうやらこの相談室には雪ちゃん扮する「クローバーうさぎさん」を含む六人の回答者がいて、それぞれ得意分野の相談に答えているらしい。「恋愛」「生活」「子育て」「仕事」「人間関係」「貯蓄」などなど。クローバーうさぎさんは「生活」「仕事」「人間関係」を得意分野にしていた。相談者が回答に満足したら贈られる星マークの数は、六人の回答者の中で一番多いようだ。一番人気があるのだろう。

クローバーうさぎさんへ寄せられた相談やその回答を見るのは、なんだか雪ちゃんの手帳を覗き見するようで気が引けた。代わりに、相談事の検索ボックスに「母　娘　関係」と打ち込んで検索ボタンをクリックしてみる。そうすると、ものすごい数の相談が出てきた。「母とそりが合わない」「嫁が正月なのに顔を出しません」なんて内容はざらで、中には「暴力をふるわれた」「面と向かって罵倒《ばとう》された」「どうすれば縁を切れるのか」などといった深刻な相談も紛れ込んでいる。

目の乾きを感じながら、二時間ひたすら画面をスクロールしてわかったのは、私と母の関係なんて、ぜんぜん深刻な部類に入らないということだった。少なくとも、私は母に、刺されたことはない。殴られたり、お金を盗《と》られたりしたこともない。携帯を盗み見られたことも、たぶんない。ただ多少いやみを言われて、食事や生活をうるさく管理されただけだ。むしろ母は、時に過剰になるとはいえ、食事を作ってくれたり高価なものを買ってくれたりと、私に良くしてくれることのほうが多かった。例えば私が、「こんなひどいことを母に言われて……」とこの相談室に記事を投稿したら、きっと「こんなくだらないことでこの人は悩んでいるのか」と色んな人に笑われてしまう。

なら、私は実家に戻るべきなのだろうか。戻って、あのかわいそうな母をいたわるべきなのだろうか。またあの家で、息をひそめて、彼女との喧嘩におびえながら。

鞄《かばん》の中で、数年前から変えていない宇多田ヒカルの着メロが響く。画面を開くと、雪ちゃんからメールが来ていた。件名は「産まれました。男の子！」。うす赤い顔をしわくちゃにして泣いている赤ん坊の画像が添えられていた。私の家族が一人、増えた。

十月に入って、ベランダに被《かぶ》さるさざんかの枝に固い蕾《つぼみ》がふくらみ始めた。蠟《ろう》で作ったような濃い緑色のがくの内側に赤い花弁がのぞいている。さざんかって、赤い花なのか。洗濯物を干し終わり、畳へ横になる。レースのカーテンを見ながらごろごろと寝返りを繰り返し、よし、と踏ん切りをつけてから家を出た。

実家へ向かう途中のイオンで自転車を停め、三階のキッズ用品の売り場へ上がる。お祝いはおもちゃで、優しい音が出て、色のはっきりしたものがいいと言われていたため、青い帽子をかぶったヒツジ型のオルゴールを選んだ。ふかふかとしていて肌触りがよく、ヒツジのしっぽを引っぱればきらきら星のメロディが流れる。

いらっしゃい、と玄関を開けた雪ちゃんはずいぶん首筋が痩《や》せていた。

「眠たいよう」

呟《つぶや》いて、私にもたれかかってくる。私はぽんぽんと雪ちゃんの背中を叩き、お祝いの品を手渡した。

家の匂いがまた変わっていた。卵菓子のような、ポタージュスープのような、鼻の粘膜に張り付く甘く脂《あぶら》っこい匂いが漂っている。もうこの家は私の家じゃないな、と腹の奥でなにかが言った。

　居間のカーペットへ広げたベビー毛布の上に横たわる彰人《あきと》は、兄にも雪ちゃんにもあまり似ていなかった。黒目がちの目がじっと私を見返す。頬に触ると、なんだか不安になるくらい皮膚が柔らかい。

「すんごい見てくる」

「ね。実はまだあんまり見えてないんだって」

「お母さんになって、どうですか」

「よくわかんない。けど、お腹から出したから、近いなあとは思うよ」

「近い？」

「まだ指が絡《から》まってるような、どこかつながってる感じ」

　ぐずり始めたら起こしてね、と言って夜泣きに疲れた雪ちゃんはクッションを抱いてその場に横になった。

「私、なにしてればいい？」

「様子見てて。話しかけたり、あと、情操にいいらしいから、たまに歌でも歌ってあげて」

　雪ちゃんが寝てしまったので、私はなんどか「あきと、あきと」と呼びかけた。彰人はまったく反応せず、泡のような目線を周囲へ送っている。

　暇なので、なんとなく思いついた木村弓の「いのちの名前」を、雪ちゃんを起こさないよう小さな声で歌った。途中で歌詞を忘れ、携帯で検索して始めから歌い直した。たまに、黒い鏡のような彰人の目がこちらを向く。底のない泉か、地蔵か、そんなものに歌っている気分になった。たくさん歌えば、少しはこの子の中に積もっていくのだろうか。大きくなって同じ曲を聴いたときに、懐《なつ》かしさを感じたりするのだろうか。

　スローテンポで明るい曲を選んで歌う。四曲目、真心ブラザーズの「サマーヌードで、雪ちゃんがごろりと寝返りを打った。

　七曲歌ったところで、彰人が顔をくしゃくしゃにしてぐずりはじめた。雪ちゃんを揺らす。寝起きの雪ちゃんは幼い顔をしていた。目尻の辺りがゆるんでいて、無防備だった。

「海の上を散歩してる夢をみたよ」

「なんかそういう神さまいたよね」

「いい夢だった。日が差してて、足のうらが冷たくて気持ちいいの。遠くで人の声が聞こえるっていいね」

授乳ストールを肩へ巻き付け、雪ちゃんはおっぱいを彰人の口へふくませた。

麦茶を飲みに台所に立ち、戻ってくると、授乳をする姿勢のまま雪ちゃんがぽたぽたと涙をこぼしていた。かまきりをわしづかみにする子だったのに。体調を崩しても、そのせいで家族旅行がキャンセルになっても、けして泣かない子だったのに。呆気《あっけ》にとられていると、彼女はすんと鼻をすすって泣き止んだ。

「兄ちゃんに歌ってもらいなよ。たくさん」

「一緒に暮らしていると、あんまりそんな風じゃなくなってくるの」

「どういうこと？」

言葉を探すように考え込み、雪ちゃんはそのまま口を開かなくなった。仕方がないので私も黙り、ぼうっとしながら次の言葉を待つ。雪ちゃんの胸もとで彰人がゆるゆると足を揺らす。小さなかかとにてのひらを当て、蹴《け》られて遊んだ。雪ちゃんは私の手元を見たまま、注意深く唇を動かした。

「海の上をどれだけ歩いても、啓ちゃんはいない。いないものなんだって、知らなかった」

言い終わる間もなく、けぽ、と彰人がミルクを吐いて藍色《あいいろ》の授乳ストールを濡《ぬ》らす。雪ちゃんは慣れた手つきでその背を叩き、口元にティッシュをあてがった。

彰人を揺らしながら雪ちゃんが語ったところによると、実は兄は、二ヶ月ほど前から悪い遊びをしているらしい。

「悪い遊び？」

「そう、悪い遊び」

なんだか幼い言葉だ。駄菓子屋でお菓子を盗む、とか、小石で人の家の窓を割る、とかそんなままごとめいた光景が目に浮かぶ。

「具体的にどういうこと？」

「知り合いの女の人に親切にしてるの」

それは悪いことなのだろうか。雪ちゃんがパソコンをしたいというので、うとうとしている彰人を受け取った。彰人は一重の目を閉じて穏やかな呼吸を繰り返している。顔立ちは鼻筋が通っていて縦に長い。唇の薄さは、雪ちゃんの血筋が反映されたのだろう。

パソコンのキーを叩いて『専業主婦です。お小遣いが月一万円なのですが、少なすぎると思いませんか？』の相談に返信しながら、雪ちゃんは無表情で言葉を続けた。

火曜の夜、兄は夕飯を必要としない。帰宅がいつもよりも三時間ほど遅い。事情を説明するのが億劫《おっくう》なため、母には「残業だ」と告げているけれど、実はある女の元に通っているのだという。

「不倫？　浮気？」

「ちがうの」

毎週火曜日、仕事の帰りに兄は近くの総合病院へ足を向ける。部下の一人が重度の子宮がんで入院しているらしい。須賀谷《すがや》さんというその不幸な女性に、兄は毎週、献身的なお見舞いを重ねている。

「お見舞いでなにしてるの、って聞いたら、抗がん剤でむくんでる足を揉《も》んであげたり、差し入れのゼリーを食べさせてあげたり、話を聞いてあげたりしてるんだって。独身で、子供もいないのに子宮がんになって、かわいそうだからって」

「かわいそう？」

「そう、かわいそう」

雪ちゃんはわずかに頭を傾けた。歯でも痛むような、左右のバランスが歪《ゆが》んだ顔をしていた。

「高一の頃、私が全校のマラソン大会で貧血になった時ね、三年生だった啓ちゃんが引き返してきて、おぶってくれたの。それが始まりだった。啓ちゃんはそういう風に、かわいそうな女の世話を焼くのが好きなんだ」

「でも、雪ちゃんは特別だったから結婚したんでしょう」

「どうだろう」

雪ちゃんはパソコンを開いたまま畳に寝転んだ。下腹部をゆっくりと撫でている。運悪く、産後に膣炎《ちつえん》を発症してしまったらしい。相変わらず身体《からだ》の粘膜が弱いのだろう。痛みが走るのか、時折ぎゅっと顔をしかめる。寝返りとともに雪ちゃんの長い髪が扇のように畳へ広がり、白い首筋がむき出しになった。

「その人の世話を焼いたら嫌だよって言ったら？」

「言った」

「兄ちゃんなんて言ってた？」

「お前は幸せなんだから、優しくしてやれよって」

もっと歌って、と雪ちゃんは私のシャツのすそを引いて子供みたいにねだった。

兄が、よくわからなくなった。彼は私が家を出るのを手伝ってくれた。長男だから、と母の老後についても責任感を持っていた。私は、兄がちゃんとした大人になったのだと信じていた。それなのに、伴侶《はんりょ》である雪ちゃんをこんなにあっさりと、朝食の卵を割るかのような気安さで苦しめる。

クラムボンの歌を思いつくままに歌っていく。雪ちゃんは背中を丸め、子供のような姿勢で目をつむった。じっとしているだけで、眠ってはいないのだろう。かわいそうな雪ちゃん。けど、本当にかわいそうなのは、こんな悩みを聞いたばかりだというのに、私が彼女へ子守歌を歌うのに飽き始めていることかもしれない。一度や二度、気まぐれに人に親切にするのは楽しい。けど、それをねだられるのが当たり前になると、だんだん面倒くさくなってくる。母の時と同じだ。かわいそう、優しくしなきゃ、とそれだけの心でいられない。何度か好意を汲《く》むだけで、あっさりと水脈が涸《か》れてしまう。

リロリリロリン、と聞き慣れた電子音がパソコンから響いた。ディスプレイの右端にまた黄色い星が光っている。雪ちゃんは、星を集めるのが好きなのだ。兄はどうして雪ちゃんに星をあげなくなったのだろう。足を揉んだり、ゼリーを食べさせたり、しなくなったのだろう。私と同じように、面倒くさくなったのだろうか。親切にすることに飽きたのだろうか。退屈だから、次のかわいそうな女の人を見つけたのだろうか。

リロリロリン、リロリリロリン。こんぺいとうの星が溜まっていく。

「もし、さ。兄ちゃんと雪ちゃんが抱えてるのとおんなじ悩み相談が投稿されたら、クローバーうさぎさんはなんて回答するの？」

雪ちゃんは数秒間を置き、ごろりと寝返りを打ってこちらを向いた。

「相談した人による。私と同じ、奥さんが相談したのか。それとも、『妻の嫉妬《しっと》で部下の見舞いに行かせてもらえない』って旦那《だんな》さんが相談したのか。『息子夫婦の仲がこんな風にこじれて』って、お姑《しゅうとめ》さんが相談したのか。それによってアドバイスも、問題のどこに焦点を合わせるのかも、落としどころも変わる」

「変わるんだ」

「変わるよ。満足ってそういうもんだよ」

リロリロリン。星がひとつ追加される。誰かがあなたの回答に満足し、お礼を言っています。雪ちゃんはまだなにか考え込んでいた。

「それに、回答者だって基本的には、自分のそれまでの人生を肯定するような回答しかしないものだから」

「自分の人生を肯定する？」

「否定したらやっていけないから、当たり前なんだけどね」

彰人がむずかる。雪ちゃんは眉間《みけん》にしわを寄せ、畳に手をついて起きあがった。私が実家に帰る回数を減らして、雪ちゃんから遠ざかることはたやすい。けれど、雪ちゃんはどれだけ苦しくても、面倒くさくても、飽きても、彰人を遠ざけることは出来ないのだ。本当に、出来ないのだろうか。私が出来ないものだと思い込んでいるだけだろうか。雪ちゃんはクマの浮いた目をこすって彰人をあやし続けている。青いおしっこマークが浮いたおむつが開かれ、蒸れた便の臭《にお》いが日射しの差し込むリビングに広がった。

夕飯はあいかわらずおいしくなかった。ほうれん草の和《あ》え物は味が薄くて水っぽかったし、タマネギや人参がくたくたになっている煮物はめんつゆの味しかしなかった。雪ちゃんは乳腺炎《にゅうせんえん》予防のため、油っこいものを控えているらしい。焦《こ》げついた唐揚げは、兄と母が中心になってつついている。食卓に乗っている食べ物はどれもこれも、写真でしかその料理を見たことのないアメリカ人が見よう見まねで作ったんじゃないかと思うほど、味のピントがずれていた。

実家が、少しずつ変わっていく。片付けられるものはすべて片付けられているのが普通だったリビングに、畳んだままの洗濯物や、兄の雑誌が置きっぱなしになっている。洗面台の蛇口回りにはうっすらと水垢《みずあか》が残っている。台所の床を素足で歩くと、テーブルの周りがかすかにぺたついた。雪ちゃんが来て、母は家の掃除をするのをやめたのだろう。一人暮らしをして初めて、私は母がいかに綺麗《きれい》好きだったかを思い知った。私の部屋は仕事が忙しくなるとすぐに床が髪の毛だらけになるし、水回りが臭くなる。けど私は母が忙しかった頃であれ、実家にいるうちは一度もトイレの床に埃が溜まっているのを見たことがなかった。それが特殊なことだと、離れて暮らすまでわからなかった。

言葉少なに食事を終えた母は、好きなドラマが始まるから、とさっさと自分の和室へ帰っていった。私や兄にあれほどああしろこうしろと言っていたのが嘘《うそ》のようだ。なんだかずっと、頭でも痛いような顔をしている。兄のたたずまいはどこか涼しい。間違っても、妻に「かわいそうな女の世話を焼くのが好きなの」なんて言われる偏《かたよ》った男には見えない。口数少なく、酒ばかりたくさん飲んでいる。雪ちゃんいわく、「梨枝が来てるといつもよりちゃんとしてる」らしい。たぶん私はこれから、兄の「ちゃんとしてない」ところを見ることは滅多にないのだろう。

手洗いに立って母の和室の前を通る際、「梨枝、ちょっと」と呼ぶ声がした。ふすまを開くと、母は布団《ふとん》の上であぐらをかきながら渋い顔で塩せんべいをかじっていた。

「なに?」

「あんた、雪ちゃんに料理を何とかするよう言ってちょうだい。毎日毎日、食べられたもんじゃないわ。塩はきついし、火加減はなってないし、包丁づかいも粗いし」

「ええー。自分で言ってよ」

「私が言ったら角が立つでしょう。姑が台所周りに口出しするのが一番厄介ごとの種になるのよ」

「そんなの私だって言いにくいよ」

「ああ、いやだ。なんで定年まで必死こいて働いて、こんなにマズい夕飯食べてるんだか。そのくせ今の若い人はちょっと叱られると鬼姑だのなんだの言い出すし、ほんっとろくなもんじゃないわ」

「なにそれ、雪ちゃんがそう言ったの？」

「違うけど、職場じゃそんな話しょっちゅうだもの。親を老人ホームに放り込んできたとか、姑と揉めて嫁が出てったとか」

早口で言い立てる母が、私がこの家を出たときと同じく、なにかにおびえているように見えて落ち着かなくなった。尻のあたりが妙にそわつき、この場から逃げ出したくなる。

「そんなに嫌なら同居しなきゃ良かったのに」

「それじゃ彰人と一緒に遊べないでしょう。だんだん体も利かなくなっていくっていうのに、一人きりで暮らしてなにが楽しいのよ」

じゃあ、母は孫と一緒に暮らすために金を稼ぎ続けたのか。なんだかピンと来ないまま「雪ちゃんに言えそうな雰囲気になったら言ってみる」と弱い返事をして、私は母の部屋のふすまを閉めた。

リビングに戻ると、兄は腹の上に彰人を乗せたまま、二本目のビールを飲み終えたところだった。私を見て、ほろ酔いの顔で口を開く。

「お前、今夜は泊まってくのか?」

「ううん、明日仕事だから帰る」

「そうか」

兄は首を傾けて台所で皿洗いをしている雪ちゃんを呼んだ。彰人は俺が風呂《ふろ》に入れとくから、梨枝が帰るとき一緒に散歩してくれれば、と促す。雪ちゃんは頷き、近くのコンビニまで付いてくることになった。

自転車を引きつつ、並んで歩く。

「紀子さんが」

「うん」

「紀子さんが、夜中によく、彰人のベビーベッドを覗《のぞ》き込んでて。こわいのかなあって、気の毒になる」

弟が死んだ後、私は雪ちゃんにしがみついてばかりいた。雪ちゃんは当時のことをよく覚えているのだろう。私は相づちを打った。

「こわいのかもね」

「なんて言ったらいいのかわかんない」

「うん」

コンビニの前で雪ちゃんと別れた。じゃあ、と声をかけ合い、手を揺らす。少し離れて振り返ると、雪ちゃんは両手を腰の後ろで重ねて信号が変わるのを待っていた。あいかわらず体は細く、けれど、洗いざらしたTシャツの下腹のあたりが柔らかそうに垂れていた。

ベタベタからカラカラへ、十月は暑さ対策から乾燥対策へと大きく売り場を組み替える。保湿に重点を置いたスキンケア商品を入り口近くの棚に並べていく途中、高校生バイトの真澄ちゃんが不思議そうに馬油クリームのラベルを読んだ。

「うまゆ」

「ばーゆ」

「ばゆ。えー生臭そう。店長使ったことあります？」

「あるよ。別に変な臭いしないよ。馬油は良いんだよー。昔は火傷《やけど》の治療とかにも使ってたんだって。人の肌になじみやすいし、保湿性が高いからお肌つるつるになるよ。私もむかし、かかとがカサカサだったときに塗ってた」

「ふーん……椿《つばき》オイルならまだいいけど、馬はやだなあ」

もいだばかりの桃のような真澄ちゃんの頰を見ながら、たぶんこの子は肌が乾燥するという体験自体をまだしたことがないのだろうと思う。私だって知らなかった。角質が鱗《うろこ》のようにそそけだつことも、かゆさに搔《か》きむしれば赤い湿疹《しっしん》に悩まされることも。その不便を味わってしまえば、この子だって馬の油どころか、豚の胎盤にだって手を伸ばすかもしれない。気味の悪いものをつまむ手つきで馬油クリームを並べ直した真澄ちゃんは、水底から立ちのぼる泡のような当てどないおしゃべりを再開する。

「で、こないだ言ってた他校の先輩と付き合うことになったんだけど、ちょっとその人チャラいっていうか女好きで、私のほかにケーコともデートしたことあったんだって。でも、私を本命にしてくれたんだから、いろいろ期待するじゃないですか。それで先輩に、ケーコよりどこが良かったのって聞いたら、もうサイテーで！　胸だって。おっぱいデカめのエロそうな子が好きなんだって。ほんっと信じらんない！」

「素直だねえ。逆に性格いいんじゃない、その人」

「冗談じゃないですよ。もう即着拒で、連絡取ってないです。たまに校門の前うろついててマジうざい。キモい」

頬を真っ赤にして怒る真澄ちゃんは、確かに好きと言いたくなるような肉感的で形の良い胸をしている。細身だからなおさら目立つのだろう。本人だって、しょっちゅう体のラインがむき出しになるTシャツやキャミソールを着て出勤してくるのだから、自分の胸を気に入っているはずだ。それでも、好きの理由にそれを挙げられたら怒るのだ。店の電話が鳴り、おしゃべりはそこで終わった。

咲いた、咲いた、と三葉くんが楽しそうに歌う。ベランダのさざんかが咲きそろったのは、その日の夜のことだった。

「真っ赤だ。すげえ」

「そうでしょう。ちょっとこわいの」

もう少しかわいいものかと思っていたのに、うちのベランダに咲いたのはずいぶん凄《すご》みのある花だった。触った指が染まっていきそうな、濃い濃い緋色《ひいろ》をしている。ベランダへ通じるガラス戸を閉めておいても、エアコンの排気口からうすい甘い香りが部屋の中まで忍び込んでくる。

ここにいる、とやたらと主張する花々を観《み》ているうちに、胸がざわざわと騒ぎ出した。色が強すぎて落ち着かないのだ。月明かりの下、赤々と光る花がじっと私を見つめている気がする。視線に耐えられず、三葉くんを呼び出した。花見をして酒の肴《さかな》にしてしまえば、少しはなじむだろうと思った。

なるべく花を見ないようにしながら真澄ちゃんの「おっぱい事件」を話すと、三葉くんは「俺もあの子のおっぱい好き」と大笑いした。

「あの『私のどこが好き？』って、すごく困るんですよね。なに言っても怒られるし」

「でも、おっぱいはないよ。デリカシーなさすぎ」

「ないか。ないかなあ。でもじゃあ、どこが好きって言ったら満足するの」

「そりゃ性格とかでしょう」

「形のないものが良いんですね。いくらでも解釈できるから」

解釈が入ったら、もうそれは自分で自分を慰めていることにならないだろうか。ビールをすって考え込むうちに、雪ちゃんの泣き顔が浮かんだ。雪ちゃんは、どんな風に兄から愛されたら満足したのだろう。視界の端が緋色で濡れる。気味の悪いさざんかが問いを投げ返した。

そもそも私は三葉くんにどこが「好き」と言われたら満足するのだろう。つきあい始めの頃に、初恋の人に似ているだの、ぼーっとしているところがいいだの、ふわふわとつかみ所のないことを言われた。当時はさほど三葉くんに執着がなかったから、なにを言われたって喜ぶことが出来た。けれど今、同じことを言われて、私は果たして喜べるだろうか。

これと似たようなことで悩んだことがある、とビールを焼酎《しょうちゅう》に持ち替えながら思う。なんだっただろう。思い出せない。三葉くんはメールでも来たのか、スマホの小さな画面に目を落としている。はじめの頃はしょっちゅう目を合わせていたのに、最近は私の部屋に来てもスマホをいじったりポータブルゲームをしていたりと、彼自身の世界に閉じこもることが増えた。それが私は嫌ではなかった。丸くなって眠っている猫をそっと膝《ひざ》に乗せている気分になる。双方の酒のグラスが空になるのを待って、交代でシャワーを浴びた。

セックスの最中、トイレに立たなくても済むようになった。泊まりに来るたび、夜と朝に一回ずつ求められることにも慣れた。三葉くんは下着の色なんかどうでも良くて、レースやリボンなどの甘い飾りがついているか否《いな》かにだけ反応した。私は年甲斐《としがい》もなくひらひらした下着を何セットか買い込み、その問題について悩むことはなくなった。

布団で一緒に寝ることにだけ、まだ慣れない。三葉くんは腕まくらをしたがる。私は血管を圧迫し続けるのがこわくて、三葉くんが眠るのを待ち、決まって寝返りを打つふりをしながら頭の下から細い腕を逃がした。いつもどおりに背中を丸めて縮こまり、なつかしい悩みを思い出した。そうだ、反抗期だ。

中学時代、私の反抗期は「母が私を可愛《かわい》がるのは彼女の元に生まれたからで、私自身が可愛いからではない」と思うことから始まった。あの頃、親が子供を慈《いつく》しむのはただの自己愛の投影だとふてくされてばかりいた。その後どうやって反抗期は収束したんだったか。これもよく思い出せない。けどたぶん、悩むことに飽きたのだろう。

カーテンの向こうから、さざんかが見ている。赤い花の目線を感じる。そばに横たわる温かい体へ、もぐり込むようにして目をつむった。三葉くんがいてくれてよかった。本当に、よかった。煙草の香りがする首筋に額を埋める。脳が甘く、止まる。

6

気がつけば、バファリン女が痩せていた。朝方に霜が降りるようになり、彼女の服装もスエードのジャケットをはおったりニットを重ねたりと厚着になったのに、はっきりとわかる。首筋の肉が薄くなり、鎖骨のくぼみが深くなった。レジへ乗せられたのは、菓子パン数個とビタミンドリンク、安いマニキュアとバファリン。

「千三百十円です」

どうしたの、と聞く代わりに私は金額を読み上げる。もともと細身だった女は、痩せてなんだか醜くなった。頬骨が出っ張り、アイラインの引かれた大きな目がぎろぎろと悪目立ちしている。あれから何度か薬物乱用頭痛の可能性を示唆《しさ》して受診を勧めたが、女は「私には関係ない」「しつこい」「医者が別に飲んでも良いと言った」と本当なのか嘘なのかわからない反応でつっぱね続けている。私もだんだん気疲れして、声をかける気が失《う》せてきた。たびたび声をかけられる店舗からは足が遠のきそうなものだが、女は苛立《いらだ》ちながらも週に一度の来店をやめない。おそらく女の生活圏、生活時間のなかで通いやすいドラッグストアがここしかないのだろう。

「やっぱ、女は働きすぎると損ですよ」

品出し途中のパートの有野さんが唇をとがらせる。有野さんは、バファリン女が薬を手放せないのは仕事のストレスのせいだろうと想像していた。損かな、と私はマスクの在庫を編みかごに流し入れながら相づちを打つ。

「損ですよお。だって、働きやつれた女って全然可愛くないもん。がんばってもがんばっても誰も褒めてくれない。それなのに苦労知らずで肌ぷるぷるのノーテンキ女の方が可愛がられて結婚してくって、馬鹿馬鹿《ばかばか》しくないですか。美人だったのに、あんなガイコツみたいになっちゃって、バファリン女、ぜったいモテないですよ」

逆に、バファリン女が苦しんでいるのは恋愛だろう、という推測は主婦さんたちの間で人気だった。派手な格好してるし、遊び歩いて痛い目にあってるんじゃない？とドラマのような物語を期待されている。

衛生用品の棚で品出しをしていた薬剤師の中島さんが眉《まゆ》をひそめて振り返った。中島さんは五十代の女性で、中学生と高校生の息子さんがいる。むかしは近くの総合病院に勤めていたらしい。出産をきっかけに職場を辞し、子供の手が離れた数年前からまた働き始めた。週に四日、薬剤師枠のアルバイトとして勤めてもらっている。うちには他に資格を持つスタッフが二名いて、計三人で朝十時から夜八時までの間は必ず店に薬剤師が一人は居るようローテーションを組んでいる。

中島さんは気炎を上げる有野さんへ苦い口調で釘《くぎ》を刺した。

「あの子だって、若いのに苦労してるんだろうに。かわいそうな人にそんなこと言うもんじゃないよ」

またかわいそうが出てきた。最近、「かわいそう」がなんなのか、よくわからなくなってきた。痛めつけられた人、傷を負った人というだけでなく、その人たちの体をやわやわと這《は》いずる他者の指のイメージが付きまとう。私の指、兄の指、雪ちゃんの指。かわいそう、の五文字は磁石に似た吸引力、もしくは中島さんが言う「触れてはいけない」といった反発力を持っている。私ははじめ、バファリン女は単に薬物乱用型の頭痛に悩まされているんだろうと思っていた。けれど今は、彼女が私と似たような気弱の病を患《わずら》っていたらいいなと願っている。小さな声で、呪《のろ》いのように願っている。

満足、と雪ちゃんが言っていたことを思い出す。堕《お》ちる人、かわいそうな女に、こんな風に私たちはそれぞれの夢想を映して満足を得るのだ。バファリン女がやつれたことは一時休憩室の話題になったが、一週間もしないうちに忘れ去られた。私もまた、痩せたバファリン女に慣れてしまった。それよりも衣替えのほうが大切だった。

いつも通っているショッピングモールで、ふと目を引く男性もののカーディガンを見つけた。淡いグレーで、左腕に明るいオレンジ色のラインが二本入っている。全体的な雰囲気が軽く、三葉くんによく似合うだろうと思った。値段も一万円以下と気軽に買える。

こういうの好き？　と次に家へ遊びに来た時に手渡したら、三葉くんは目をまん丸くして喜んだ。

「いいの？　こんなちゃんとしたやつもらっちゃって」

三葉くんは普段ノーブランドか古着ばかり着ているのだという。なんで、と聞いたら「学生は金ねえもん」と頰をふくらませた。

「あんなにバイトしてるのに」

「まだ絵の金、五万しかたまってない」

更に聞いてみると、実は実家からは学費しかもらっていないらしい。家賃と生活費はうちの店での夜勤とコンビニバイトでやりくりしている。もしかして飲み会が好きそうなのに大抵二次会で理由をつけて抜けてしまうのは、三次会まで付き合うお金がないからか。急に、三葉くんの細い体が無性に頼りなく、胸の内側をくすぐるものに思えた。第二関節がぽこりと突き出た男の子の指に自分の指を絡めて、ひっぱる。

「たまにはうちでごはん作ってくれない？　一緒に食べようよ」

「いいけど、梨枝さんちフライパンもないじゃん。鍋《なべ》も一個しかねえし」

「買いに行こう」

　さっそくホームセンターに出かけて調理器具を買い足した。どんぶりと大皿と、菜《さい》箸《ばし》も買った。寒くなってきて、ちょうど鍋物の特設コーナーが設けられていたため、土鍋と卓上コンロも一つずつ買った。卵焼き器、一人暮らしだと便利ですよ、と言われて首を振る。私が一人で料理をすることはないだろう。帰り道のスーパーでとりあえずごま油とみりん、めんつゆをかごへ放り込み、続いて野菜や肉を見て回った。

「なに食べたい？」

　問いかけに、三葉くんは少し唇をとがらせて「なんでも」と返す。

「私もなんでもいいよ。肉でも、魚でも」

「じゃあ鍋物とかどうですか。鍋買ったし」

「いいね」

三葉くんは二百円そこそこの魚の切り身を物色し始める。私はすぐそばにあったすき焼き用の赤身肉に気を引かれた。

「土鍋ですき焼きって出来るかな」

「出来ますよ。梨枝さんそんなにいい肉買うの？　俺いま、あんま金ないよ」

「いいよ、私のうちで食べるんだもん。作ってもらう分、食費はいいから」

もともと家で酒を飲むくらいしか趣味がなく、ボーナスもすべて貯金してしまう私は同世代と比べればだいぶ多いくらいの金額が口座に貯《た》まっている。この程度の出費はなんでもない。男の子はたくさん食べるだろう、と濡れたように光る赤身肉を三パックかごへ入れた。三葉くんは一瞬なにかを言いかけるも、奥歯に何かが挟まったような顔で口を閉じた。野菜数品としらたき、卵を足して家に帰った。

買ったまま一度も使っていなかった炊飯器で米が炊《た》かれ、コンロに乗せられた土鍋が甘い醬油出汁《しょうゆだし》の香りをふりまき始める。すき焼きの他に、三葉くんはキャベツに塩とごま油をまぶして居酒屋で出てくるようなサラダを作ってくれた。私は敷きっぱなしの布団を片づけ、壁に立てかけたままになっていたローテーブルを組み立てた。

湯気の立つ鍋と色の濃い卵、サラダと白米の並んだテーブルを見回し、三葉くんはすげえ豪華、と夢を見るように呟いた。コンロの横には肉がまだ二皿残っている。

「この肉、ちょっと残しますか？　他の料理に使う？」

「食べられたら食べちゃって、私一人じゃ料理しないから。多すぎる？」

ぶんぶんと髪が浮くほど首を振り、いただきます、と三葉くんは箸をとった。紅潮した頬が子供のように輝いている。その横顔を見ているうちに、細く気持ちの良い川がすっと体の中心を通った。甘い甘い、満足の川。

「卵、おかわりしなよ」


それから、彼に食べさせるのは私の趣味の一つになった。薄い体に、血や骨を作る温かい食べ物が流れ込む。骨のとがった肩を、私が買ったカーディガンが覆《おお》う。人前でプレゼントした服を着てもらえると、自分が受け入れられたみたいな恍惚感《こうこつかん》に頭の芯《しん》が痺《しび》れた。新しい布団をもう一組買った。三葉くん専用のルームウェアも買った。ビールを買い置きするようにしたら、三葉くんがうちに泊まる頻度がぐんとあがった。カツ丼《どん》食べたい。カレーが食べたい。今晩、しゃぶしゃぶにしよう。いつも私は肉がたくさん使われるカロリーの高い料理ばかりねだった。その方が彼を喜ばせると知っていた。

年末年始、私は実家へ帰らなかった。三葉くんと二人で、買ったばかりのこたつを挟んで過ごすことにした。三葉くんが作る年越しそばには豚肉が入っていて、甘い脂の風味を強く感じた。私の母はもっとさっぱりした鳥肉のそばを作る。舌に馴染《なじ》みのない出汁をすすりながら、一瞬だけ、実家の雪ちゃん達はどうしているのだろうと思った。今年のそばは、母と雪ちゃんのどちらが作ったのだろう。

「俺、誰かとちゃんと正月迎えるの久しぶりかも」

「そうなの？」

「母親は姉ちゃんの世話をしにもう何年も前にドイツに行っちゃったし、親父《おやじ》とはそりが合わなくてほとんど話をしなかったし。彼女とかいてもさ、やっぱ正月は家族と過ごすもんだろ。だから、毎年なんかよくわかんないうちに、部屋でぼーっとしてたら終わってた」

酔っぱらった三葉くんが気持ちよさそうに寝転がる。赤くほてった指の先に触れた。私はだんだん、なにも考えずにこの子に触れられるようになった。髪の感触、干し草みたいな首筋の匂《にお》い。ぜんぶわかる。ぜんぶ知っている。それどころか、週のほとんどを私の家で過ごすようになって、彼の匂いは私に似てきた。体の中身も、七十パーセントぐらいは私と同じ食べ物で出来ているだろう。

いつのまにか、三葉くんから感じていた「ひやり」はどこかに行った。そばにいると気持ちがよくて、それ以上なにも考えなくなった。私と三葉くんの体がホースのようなもので結ばれ、生温かい同じ温度の液体を二つの器でぐるぐると循環させている気分だ。昔は、雪ちゃんとこんな風だった気がする。その前は母と。

テレビで打ち鳴らされる除夜の鐘を数え、あけましておめでとうを言い合う。零時を回った途端、三葉くんのスマホが賑《にぎ》やかな音を立てて鳴り始めた。友だちから大量のあけましておめでとうメールが届いているらしい。私はもうこの時ぐらいしかやりとりのない学生時代の友人と会社の同期、実家への年賀状を数日前に発送した。

「返信しないの？」

「明日の朝まとめて返します」

テレビはいつのまにか生放送の音楽番組を映していた。この子好きなんです、と三葉くんが指差す甲高い声をした女子高生シンガーの良さが、私にはどうしてもわからない。酒を飲みながら番組を観続けるうちに、いつのまにかこたつで眠ってしまった。

まだ夜が明けないうちに、足が熱すぎて目が覚めた。こたつの温度を調整し、青暗い闇《やみ》に目を凝らす。三葉くんはこちらに顔を向け、折った座布団を抱くようにして眠っている。

この子は誰なんだろう、と唐突に思う。この子の中にはなにが入っているんだろう。

言葉で聞いても、なんど体を重ねても、本当はなんにもわからない。わからないまま、こんなに青く心細い夜に、六畳間で寄り添って眠っている。

　こたつ布団へもぐり込んで目を閉じても、悪酔いしたのか、うつらうつらと短い間隔で目が覚める。夢の浅瀬をさまようちに、三葉くんの姿が少しずつ変わっていく。顔が平べったくなったり、深くなったりする。なにかの動物に見えたり、幼くなったり、悲しく見えたりする。だんだんもとの三葉くんの顔が思い出せなくなる。暑い、と水を飲みに立って戻ったら、三葉くんの寝ている場所には赤々と濡れたさざんかの花が積もっていた。ぞっとした瞬間、また同じ場所で目覚めた。

　夜が終わらない。強くて泣かないかまきりの雪ちゃんはどこに行ったのだろう。母を好きなままでいたかった。兄が雪ちゃんへ贈る愛情は、ケージに閉じ込めたトカゲや小鳥に贈る愛と、本当に異なっているのだろうか。目の前で、一人の男の子が眠っている。三葉くんという名前で、家族を嫌っているらしい。三葉くん。指で押し潰《つぶ》した唇はゴムのようだ。みつばくん、みつばくん。呼びかけても、彼はけして目覚めない。目を閉じたまま安らかな呼吸を繰り返し、けして私を嫌わない、否定しない。これは、本当に三葉くんなのだろうか。いつのまにか落ち込んだ穴底で、私は三葉くんのようなものに覆い被《かぶ》さり、懸命に唇へ吸いついていく。みつばくん、みつばくん、みつばくん。一人はこわいので、三葉くんのようなものを「三葉くん」と名づける。

一月のうちに、私は更に三枚、三葉くんの服を買ってプレゼントした。襟付きのストライプシャツとウールのトラウザーパンツ、そして四万円のブランドもののカーディガン。三葉くんは「いつもすみません」と頰を緩める。私は三葉くんのその顔が喜んでいるのか、困っているのか、だんだんわからなくなってきた。元旦《がんたん》に見た悪夢のように、まばたきをするたび薄く歪む。

寒さが峠を越し、茶色くしなびたさざんかの花びらが一枚一枚落ちていった。枯れて、心底ホッとした。花の目玉から逃げのびた気分だ。ベランダのすみにゴミとなって溜《た》まった花をアパートの庭へ投げ捨てながら、春が来るのを待ちわびた。

7

はじめは、トイレの芳香剤を変えたせいかと思った。水で希釈した絵の具を刷毛《はけ》で薄く薄く画布へ引き伸ばしたみたいな幽《かす》かさで、部屋から甘い匂いがする。意識して嗅《か》ごうとするとわからない。けど、例えば食器棚からコップを取ったとき、テレビのリモコンに手を伸ばしたとき、テーブルで来月のシフトを組んでいる瞬間にふっと香る。なまぐささの混ざる、腐敗臭に似た匂い。

年始のセールが終わるのを待って、三葉くんとお参りがてら浅草に出かけた。いまだ参拝客で賑わう仲見世通りをふらふらと巡り、湯気の立つ人形焼きを頬ばる。宝蔵門をくぐり、真《ま》っ直《す》ぐに本堂へ向かう三葉くんに驚いてモッズコートの裾《すそ》を引っぱった。水屋を指差す。

「手、洗わないの？」

「あれ、柄杓《ひしゃく》を口につけてうがいしたりするやつですよね。不衛生でイヤなんです」

「えっ」

慌《あわ》てて竜頭の蛇口が清水を吐き出す前へと連れて行った。金物の柄杓で左手、右手の順に手を洗い、手のひらをくぼめて器代わりにした左手に少量の水を注ぎ、手に唇をつけて口をすすぐ。最後に柄杓の柄を洗って振り返ると、三葉くんはぽかんと目を丸くしていた。そうなんだ、と呟《つぶや》いて、照れくさそうに見よう見まねで水を使う。

「柄杓に口をつけるって誰かに教わったの？」

「いや、中学か高校の時、友だちがそれやってんの見て、そういうもんなんだって」

物心つく頃には、参拝のたびに母から仕込まれた。水屋の使い方も、寺院での合掌一礼も、神社での二礼二拍手一礼も。それは、当たり前のことだと思ってきた。中途半端《はんぱ》に手を叩《たた》きかける三葉くんの肘《ひじ》に手を添えて合掌を促し、参拝を終える。天ぷら屋に入った後もぼうっとしていた。

そういえば外で、困ったことがない。友だちの家に遊びに行ったときに気をつけること、食事のマナー、先生への言葉づかい。いつも、いつだって、私は「礼儀正しい梨枝ちゃん」だった。バイトの面接で落ちたこともない。社会人になってからも、店舗勤めの私には無縁の話なのに、訪問の作法や席次の注意は知っている。「知らないで恥を掻いたらみっともない」と、会社ではなくしかめ面《つら》の母が教えた。母は、体面を気にする。いつもいつも。

あの子がみっともないのはお父さんがいないから、なんて言われるんじゃないわよ。耳へ蘇《よみがえ》った声に眩暈《めまい》がした。ほのかに芽生えた感謝が、赤黒い怒りと混ざって吐き気がする。父がいないのは私のせいじゃない。追いだしたのはあんたじゃないか。違う。私は母に同情的なのではなかったか。母が、かわいそうなんじゃなかったか。

「なあ、顔まっ青だよ。腹痛い？　だいじょぶ？」

「ごめん。ちょっと、油が重かったみたい」

穴子の天ぷらを三葉くんの皿へ移し、手洗いに立った。ガラスのコップに造花がさされた狭い洗面台で手を冷やす。「みつばち相談室」で読んだ無数の相談が目の裏を流れていく。母に殴られて罵倒《ばとう》されてお金を抜かれて捨てられて。私と母の関係なんて、本当に、それこそみっともないくらい小さな諍《いさか》いだ。母は私を五体満足に育ててくれた。苦労して稼いだお金で、大学にまで行かせてくれた。

それなのに、どうして、私は母を許せないのだろう。かわいそう。許せない。かわいそう。許せない。許せないのに、母が汚い部屋で寝ているのは辛《つら》い。兄や雪ちゃんに気を使っている姿を見ると苛立つ。わけがわからない。この混乱が私の愚かさからくるなら、解放されるのはいつなのだろう。「みっともない」がこわい。笑われるのがこわい。「私が馬鹿だからわかっていないこと」がこわい。家を出て、普段は忘れているくせに、ひとたび針でつつけば膿《うみ》が噴き出す。

「どうでもいい」

鏡に映る白い顔へ呼びかける。やるべきことは山ほどある。ここ二ヶ月、季節の変わり目だというのに主力商品である化粧品の売上が昨年比に届いていない。人件費が足りず、化粧品売り場に美容部員を置けないことも弱みの一つだが、メーカーから発表される新作アイテムの数が例年に比べて少ないことも逆風となっている。今週中には担当者と知恵を絞って売り場を刷新しなければならない。また、来月には近隣店舗の準社員昇進希望のパートさんを集めて、登録販売者資格取得のためのセミナーを実施することになっている。会場と人員の調整がまだ終わっていない。もうすぐ花粉症の症状緩和薬として新しい有効成分を含んだスプレー薬が発売される。メーカーも大物芸能人を起用してごりごりCMを流しているため、これは売れるだろう。関連商品も含めて、来週には一等地の売り場を総入れ替えすることになる。昨日、やっかいな「いたずら」事案が他店から報告された。食品のコーナーにわざと賞味期限のきれた黴《か》びたパンを混入させる愉快犯がいるらしい。ひとまずスタッフに見回りの強化を呼びかけたけれど、うちの店は食品売り場が壁際《かべぎわ》の奥まった位置にあるのでなんらかの対策が必要だ。

こんな風にいくらでも、いくらでも、考えるべきことはある。一緒に暮らしているわけでもない母のことなんかどうでもいい。蜘蛛《くも》と同じだ。三葉くんが指先で弾《はじ》いた蜘蛛。放物線を描いた蜘蛛が砂浜へ溶けいる空想がよぎった瞬間、みぞおちに冷えたナイフを刺し込まれたような痛みが走った。

私が世の中に対してすることは、世の中が私に対してしうることでもある。売り場に手を尽くせば、相応の売上が返る。スタッフに心を砕けば、信頼してもらえる。逆に、恨めば、恨まれる。母を「どうでもいい」と弾けば、私もいつか誰かに「どうでもいい」と弾かれる日が来る。それを仕方のないことだと、飲み下さなければならなくなる。

手のひらで円を描くように胃の辺りをさする。最近、腹痛がくせになっている。生理痛にも似た、悪寒《おかん》を伴う痛み。

背後のドアがノックされた。

「梨枝さん、だいじょぶ？　倒れてねえ？」

「ごめん、ぼーっとしちゃった」

蛇口を閉めて、外へ出る。テーブルにはお茶の湯呑《ゆの》みが届けられていた。

「観光やめて帰ろう。やっぱ顔色悪いよ。疲れてるんじゃね？」

「うん……ごめんね、買い物楽しみにしてたのに」

「いいですよ。また来ればいいし、仲見世や雷門は見れたんだから。家に帰ってごろごろしましょう」

　会計を済ませ、薄い手のひらに引っぱられて歩いて行く。すると、腹痛がみるみる引いていく気がした。三葉くんは、夢のように優しい。なんでこんなに優しいんだろうと思うくらい優しい。銀座線に揺られている途中、彼は軽く頭を寄せてきた。

「あのさ」

「ん？」

「坂上さんに聞いてさ。大変みたいだけど、あんまり根つめない方がいいんじゃね？体を壊したら元も子もねえよ」

　坂上さんは化粧品売り場を担当している四十代のパートさんだ。おそらく休憩室で、売上の伸び悩みについて口にしたのだろう。三葉くんは、私の不調の原因が仕事の悩みにあると思っているのだ。

　車窓に映る、嬉《うれ》しそうでも悲しそうでもないぼく然とした自分の顔を見ているうちに、ふと、肩の力が抜けた。うまく、きちんと、言えるかもしれない。この子と付き合って、半年以上が経《た》った。前に三葉くんが姉の話をしたように、私も母の話をして秘密を交換し合う。その夢想は、なんとも甘い匂いがする。腹を苛《さいな》む痛みから、きっと楽になれる。

「ありがとう。でも、店の悩みじゃないの」

三葉くんの目がほんの少し大きくなった。

その夜、煙草《たばこ》をわけてもらった。うまく言えないだろうことはわかっていたので、なんでもいいから合間合間に一呼吸をいれられるものが欲しかった。

ベランダの隅には青い葉が茂っている。さざんかに覗かれなくて良かった。ゆっくりと息を吸って、口火を切る。

「私が七歳の時にまだ赤ん坊だった弟が死んで、それから、少しずつ家族がぎくしゃくし始めたの。もともときつかったお母さんの性格がさらにきつくなって、父と喧嘩《けんか》ばかりするようになった。父は間もなく家を出ていって、思春期だった兄もだんだん母と仲が悪くなっていった」

三葉くんは同じく煙草を吸いながら、ぽかんとした顔でこちらを見ている。私は、舌がみるみる乾いていくのを感じた。うまく、言えない。もっと切実でどうしようもない空気があの家にはあったはずだ。それをわかってほしいのに、言葉に乗せられない。

「私はそれでもお母さんっ子だったし、なにより、母がかわいそうだったの。だって、そうでしょう。生まれて間もない赤ん坊を亡《な》くして、一番辛い時期に夫には逃げられて、子供二人の養育費と家のローンを稼ぎ続けて。そんなしんどい人生ってないよ。だから、兄が結婚していなくなっても、私はお母さんに優しくしようって思ってた。……なのに、いつのまにか喧嘩ばかりになって、どうしてもうまく行かなくて。結局、家を出てきちゃった」

　わかってほしい、わかってほしいと思うほど、言葉がよどんで茶色く湿る。「わかってほしい」の水流に「私を責めないでほしい」が一筋の汚水となって混ざりこむ。蛙《かえる》みたいに反応のない三葉くんの表情に焦《あせ》り、なにを言いたいのかがわからなくなる。三葉くんは居心地悪そうに首筋を掻いた。

「そういうことってありますよね。こう、親族で揉《も》めると一番やっかいっつーか」

　違う、まだ言いたいことがあるのだ。こんなところで、小綺麗にまとめないでほしい。うん、と雑な相づちを打ち、脇《わき》の下に嫌な汗が噴き出すのを感じながら続けた。

「いまだに、どうすればよかったのかわからないの。母の望む通り家に残った方がよかったのか、それとも、家を出てよかったのか」

私は、本当に、このことで悩んでいたんだろうか。

言い終わった後、むなしさに体の力が抜けた。違う気がする。もっと、どうしようもないことで悩んでいた気がする。けど、どんな風に説明すればいいのかわからない。言葉にしよう、嚙《か》み砕こうとすればするほどずれていく。ばちん、と目の前に病院の廊下で見た母の後ろ姿が広がる。ばちん、と母を捨てた日の燃えるような快感が頭をよぎる。ばちん、と砂浜で踏み潰した空想の蜘蛛の体のもろさが足のうらに蘇る。けど、どうしてもそれを言葉に変えられない。それが結局なんなのかわからない。わからないから苦しくて助けてもらいたいのに、わかるまでは檻《おり》の外に取り出せない。

「まあ、わかんないですよね、そういうのは。でも、なんつーか……俺の姉貴は、親に反発できないで、ひたすらわき腹切っちゃう人だったから、それよりは家出た方がマシなんじゃないですか。わかんねーけど」

三葉くんは鉛を飲んだような歯切れの悪さでぽつぽつと呟き、その場から逃げたそうに煙草の火を消した。私は「お風呂ためようか」となるべく明るい声で言った。

浴室から響く水音を聞きながら、失敗したのだ、と気づいた。前に、三葉くんが両親への嫌悪《けんお》を口にしたとき、私は「重い」「逃げ出したい」「憂鬱《ゆううつ》だ」と思ったのではなかったか。きっと彼も今、頭を洗いながら同じことを考えているだろう。三葉くんが来なくなったらどうしよう。どうやって夜を過ごせばいいのだろう。

バレンタインデーには、奮発して五千円もするゴディバの詰め合わせチョコレートを買った。「食うのはじめて」と言いながら三葉くんは神妙な面持ちで一粒一粒口へ運んでいく。三葉くんはあまり甘いものが好きじゃなかったのか、二十五粒入りのゴディバは半分ぐらい残され、いつのまにかうちの冷蔵庫に突っ込まれたままになった。

三葉くんが家にいると、なにも考えないで済む。三葉くんがいないと落ち着かない。深夜、きんきんに冷やされたゴディバの箱を眺めてこわくなる。またなにか、失敗していないだろうか。ある日突然「別れたい」とメールが来ないだろうか。

部屋から薄くねばっこい匂いが消えない。さざんかの匂い。目の裏で、人を食うような緋色がじっと私を睨《にら》んでいる。

8

美香ちゃんがバイトを辞めた。私との面談では「学業が忙しくなるから」と言っていたけれど、休憩室の噂《うわさ》では「私にいじめられて追い出された」ということになっているらしい。週明けに美香ちゃんと一番親しい社員の横田さんが主催する送別会が開かれることになり、シフトを確認した私は当日に夜勤が入っていることにホッとした。

「梨枝さん行かないの？」

「行かないよ。私が行っても、美香ちゃんは嬉しくないでしょう。三葉くんは？」

「行く」

「いってらっしゃい」

三葉くんはレジに入ったまま、もの言いたげに唇を突き出した。

「梨枝さんわかってんだろ？　送別会、たぶんほっといたら梨枝さんの悪口まみれになるぜ。横田さんは完全に美香に丸めこまれてるし、美香は俺があいつと付き合ってたのに梨枝さんが横入りしたとか、どうしようもねーことばっか言いふらしてる。最近はノルマがきつくてストレス溜まってるから、他のスタッフにとっても梨枝さんの悪口はちょうどいい鬱憤晴らしだ」

「そうかもね」

「俺がなんで行こうって思ってるか知ってる？」

「美香ちゃんのお見送りでしょう」

「俺がいると、美香もまわりも遠慮するからだよ」

手元の在庫表に目を落とした。小さなスプーンで内臓まわりの柔らかい肉をゆっくりとえぐられるような疼痛《とうつう》。その痛みのかたまりを、飲む。飲むことを、繰り返してきた気がする。悪いのか、悪くないのか、わからないのだから、私が悪いことになっても仕方がない。すっと息を吸い込んで、なるべくなんでもないことのような声を出した。

「でも、悪口を言われるのは仕方ないもの。美香ちゃんにとって私は良い上司じゃなかったし、スタッフがストレスを溜めてるのも私の采配《さいはい》が悪いせい。それに、上司が部下に飲み会で悪口を言われるなんて、どこの職場でもある程度は当たり前だよ。もっと私がステップアップして良い上司になれたら、ちゃんとスタッフは付いてきてくれるし、美香ちゃんの変なデマだってなんの根も葉もないんだから、時間が経ったらみんなさらっと忘れるって」

三葉くんは頭痛でもするかのように顔をしかめた。何度か口を開き、閉じ、溜め息まじりにやっと言葉を吐き出す。

「なんか……わかった。なんで何十年も嫌な相手のそばにいるんだとか、殴られても殴り返さないんだってずっと不思議だった。けど、梨枝さんたちはそういう風にして、相手とぶつからないでいいようにしてきたんだな。そりゃそうだよな、他人を殴るより自分を殴った方が、文句言われねえしずっと簡単だもんな」

私に向かって言っているのに、私に言っているようには聞こえなかった。相手とぶつからなくていいように、なんて言われても、とっさに頭が付いていかない。私はよっぽど間の抜けた顔をしていたのだろう。三葉くんはゆるく頭を振り、「とにかく俺は行ってきます」と言い足した。

「付き合ってる人が悪く言われるってわかってんのに、なにもしないのは気持ちが悪い。調子に乗ってテキトーなこと言いだしたら、せいぜい美香を睨んできます」

「……えらいなあ」

「もうちょっとマシな感想ないんですか」

るんですか」

「嫌なことをされたら跳ね返すって、こんな当たり前のことをうらやましがってたら死んじゃいますよ。それ、物事が自分の飲み込めるキャパシティを越えたら、どうするんですか」

「うらやましい」

午前様の疲れたサラリーマンが自動扉を開く。いらっしゃいませ、と声をそろえ、私たちはそれぞれの仕事へ戻った。風邪薬の在庫を確認しながら、じわじわと腹が立ってきた。

さっきの三葉くんの「何十年も嫌な相手のそばにいる」という言葉は、暗に私と母の関係を指していたのだろう。まるで私が母への反抗のすべを持たないかのような口ぶりだけれど、三葉くんは大切な部分をわかっていない。

私の母は、かわいそうな人なのだ。幼子との別離、親族の無理解、果ては伴侶《はんりょ》にまで捨てられるという多大な困難を乗り越えて私や兄を育ててくれた。だから、私にとって、母の望みをなるべく叶《かな》えて生きようと思うのは当たり前のことだった。棚に並べた風邪薬の成分表示に意味もなく目を引かれる。デキストロメトルファン臭化水素酸塩、シプロヘプタジン塩酸塩、アセトアミノフェン、無水カフェイン。それぞれ咳《せき》を止めたり、鼻水を止めたり、眠気や頭の怠《だる》さを取ったりする。アセトアミノフェンは代表的な解熱鎮痛薬の一つだ。バファリンにも含有されている。バファリン。バファリン女。彼女の横顔を思い出した瞬間、目の裏がさざんかの緋色に濡《ぬ》れた。

私が「お母さんはかわいそうな人」と馬鹿の一つ覚えみたいに繰り返すことと、バファリン女が頭痛薬を手放せなくなっていることは、似ているのかもしれない。どん、と耳の奥で鈍い音がした。目の前がうっすらと暗くなり、背中に汗がにじむ。いやだ、考えたくない。こわい。こわい、といつもとっさに思うけれど、一体なにがこわいんだろう。考えれば考えるほど、暗いたて穴が深くなる。三葉くんにも雪ちゃんにも言えないことが増え、吐き気を催すさざんかの匂いが濃くなっていく。ありがとうございました、と客を見送り、レジで万札を数える三葉くんの背中を見た途端、遠いなあ、と空を横切る飛行機を見上げるように思った。遠い。まぶしい。

会いづらい、と思っているときほど引っぱられてしまうものなのだろうか。

イチゴをとりにきなさい、と母から電話があった。母の声を聞くのは久しぶりな気がした。高くも低くもない、草を潰したような青い匂いがする平たい声だ。自転車を漕《こ》いで実家へ帰ると、玄関口には赤ん坊の握りこぶしほどの大きさのイチゴが山のようにつまった段ボールが置かれていた。

「高そう」

「いつも買ってる農家だからそんなに高くなかったわよ」

あっさりと言って、母はリビングのテレビの前へ戻っていく。前には乱雑さが目立ったリビングは、また様変わりをしていた。緑の冴《さ》えた観葉植物の鉢植えがやたらと増えている。葉の細長いもの、丸いもの、盾のようなかたちをしたもの。なにこれ、と声を上げると、母は平然とした顔で「啓一郎の趣味よ」と返した。

「二階のあの子の部屋はジャングルみたいになってるわ」

「兄ちゃん、ほんとに何かの世話を焼くの好きだね」

「誰に似たのかしら。まあでも、気味の悪い虫やトカゲを集められるよりマシよ」

母の隣ではロケットのイラストが付いたベビーウェアを着た彰人が、ペットボトルに小さな鈴を入れた手作りのおもちゃで遊んでいた。私はイチゴを洗い、小鉢に盛りつけてからローテーブルを挟んだ母の向かい側へ腰を下ろした。東京に新しくできた臨海公園の特集番組を一緒に眺める。母のお気に入りの若手芸人がにこやかに観光の要点を案内していた。

「あんたここ行った?」

「行ってないなあ。でもこのあいだ、久しぶりに浅草に行ったよ」

「あらいいわね。なにかいいもの食べられた？」

「うん、てんぷら。一月中に行ったからすごく混んでた。こっちはお参り行った？」

「近くのお稲荷《いなり》さんに行ったわ。彰人が泣いて大変だった。境内で、いつもみたいに氏子さんたちが焚《た》き火をしてたんだけど、火がこわかったのね、きっと」

「ガスコンロより大きな火を、初めて見たんだね」

濡れたイチゴはまだ若く、さくさくと軽い歯ごたえがした。飲み下すたび、舌の上に涼しい甘みが残る。

前は毛布の上で仰向《あおむ》けになっているだけだったのに、彰人はいつのまにか寝返りを打ち、カーペットの上を芋虫のようににじるようになっていた。転がるおもちゃを追って兄の鉢植えへ近づくと、母が慣れた様子で小さな体を抱き上げ、自分の膝《ひざ》へ戻す。私が家を出て九ヶ月。母の横顔は穏やかで、すこしつまらなそうで、観葉植物と彰人のおもちゃで散らかったリビングにしっくりとなじんでいた。

「雪ちゃん、料理うまくなった？」

「まっずい」

身も蓋《ふた》もなく言い切り、母は首をぐるりと回した。

「たぶんあれ、自分の味覚がおかしいってわかってないのよね。あと、味噌汁《みそしる》の具のバリエーションが少なすぎ。いつもネギと豆腐じゃ飽きるわ」

「そう、本人に言えば良いのに」

「嫁　姑《しゅうとめ》って気を使うのよ。ちょっと煮物の塩がきついって言ったらうさぎみたいにビクビクして、翌日のは味がしないくらい薄くなったわ。いっそ働きに出てくれたら私が家事を交代しやすいんだけど、彰人がおっぱい飲んでるうちはちょっとねえ。……だから、あんたに頼んでんじゃない。ちょっと誘って、さりげなく……そうね、てんぷらでも豚しゃぶでもなんでもいいから、ポン酢やめんつゆでこっちが勝手に味つけして食べられるやつ教えてやってよ」

「てんぷらなんて揚げたことないもん」

「ほんと役に立たないわね。そんなんであんた、普段なに食べてるの」

「外食が多いかな。あ、でも、サラダとかちゃんと食べるようにしてる」

また「ごはん作りに行くわよ」なんて言われたらたまらない。慌てて付け足すと、母はさほど関心がある風でもなく、「そう」と鈍い相づちを打った。果物とか、野菜でも人参《にんじん》とかキャベツとか、切ればすぐに食べられるものあるでしょ。ちゃんとビタミン取りなさいよ。三十過ぎると肌の荒れも化粧品じゃなかなか間に合わなくなるから、食生活が大事なのよ。あとヨーグルトね、ヨーグルト。そんな風に言って、彰人のむっちりと張った太ももを重そうに抱え直す。私は相づちを打ってイチゴを食べ続けた。

こんな風になにも気負わず、私も母も、兄の持ち込んだ観葉植物の一鉢であるかのように柔らかく隔絶して、ぼんやりと一緒にテレビを観《み》ていられる時間が、今までに一度でもあっただろうか。私がいた頃、この家は母のお城だった。母の思い通りにならないものは私以外には一つもなく、母はいつでも娘の私をより自分好みにしようと口をとがらせ、指でこね回し、目で追いかけていた。すべてのあまったエネルギーが、痛いくらいに私へ注がれていた。けれど今、母は兄に押され、雪ちゃんに振り回され、彰人に心を奪われている。新しい家族によってお城はあちこちが崩れ、散らかされ、どうにもならないことも生じ、母はそれをしかめ面で受け入れ始めている。

『いつかわかるわ。この世に、お母さん以上にあんたのことを考えてる人間なんていないんだから！』

そう呪うように言われたのは、この家を出た日だった。けれど、私が三葉くんにかまけて母を忘れたように、母もまた、新しい環境を嚙み砕くうちに私への執着を忘れたのだ。

イチゴをすすめると、母は「いっぱい食べて飽きたわ」と首を振った。リビングには、静かな幸福が漂っていた。母と私の間には今までにない距離が生まれ、それがお互いへの寛容といたわり合いを生んでいた。私はトイレに立ち、背中で扉を閉めてからじっと白い便座を見つめた。冷たい陶器が、つやつやと清潔に光っている。急に、じわりと視界が歪《ゆが》んだ。母が私をいらなくなる日が来るなんて、知らなかった。

洗面所で顔を洗っているうちに、玄関の方が賑やかになった。買い物を終えた雪ちゃんが帰ってきたのだ。お母さんただいま帰りましたー彰人イイコにしてました？え、梨枝ちゃん来てるの？　りえー！　軽い足音が近づく。洗面所に顔を出した雪ちゃんは春らしい水色と白のボーダーワンピースを着ていた。顔を濡らした私の姿に目を丸くする。

「どうしたの？」

「アイカラー変えたら、合わなかったみたい。目がかゆくって」

「ええ、大変じゃない。もうすっぴんになっちゃいなよ。クレンジングここ、あと、化粧水と乳液はこっちね」

てきぱきと洗面台の棚を開き、新しいタオルまで下ろしてくれた。ありがとう、とお礼を言って、私はもう一度目をこすった。

夕飯は相変わらず、おいしくなかった。ここまで一貫してまずいと、なんだか感心してしまう。たけのこの炊きこみご飯は水気が多すぎて糊《のり》のようになっている。葱《ねぎ》と豆腐の味噌汁は味が薄く、焦《こ》げた卵焼きはスポンジのようにぱさぱさと口内の水気を吸った。生のブロッコリーに酢とごま油をかけたサラダは苦い。焼いたアジの開きだけがまともだった。雪ちゃんはニコニコしながら食べているし、母と兄もこういったメニューに慣れてきたのか普通に箸を伸ばしている。私だけが生のブロッコリーの青臭さにびっくりしていた。

食後に雪ちゃんの皿洗いを手伝い、終わった後はなんとなくリビングでぼうっとしていた。アパートの一人の部屋に帰りたくない気分だった。風呂《ふろ》から上がった兄がそばに座ってテレビのチャンネルを野球に替えた。母は自分の部屋に入り、雪ちゃんは彰人と一緒に風呂に入っている。

「兄ちゃん」

「ん？」

兄に、聞きたかったことがたくさんあったはずだ。現在について、過去について。雪ちゃんが泣いていたこと、それをなじりたい気がすると同時に、もう私は大人なのに、たまに頭がおかしくなるくらい不安になるの、と泣きついてしまいたい気もする。口から出たのは、どちらともぜんぜん関係ない言葉だった。

「植物すっごいねえ」

「かっこいいだろう。これがパキラ、こっちがサンスベリア。ちょっと背が高いのがユッカ。そっちの丸いのはローズマリーだ。触ってみろ。いい匂いするぞ」

「ほんとうだ」

ハーブの香りを嗅ぎながら、中学生の兄が飼っていた文鳥を私の手に乗せてくれた瞬間を思い出した。小鳥の腹は温かかった。兄はいつも自分の収集物に私が興味を示すと、すごくうれしそうな顔をする。

「あのね、雪ちゃんの料理のこと、お母さんに言われた」

兄は一瞬、壊れたロボットのように笑顔を浮かべたまま静止した。ええ？　と変に高い声で聞き返し、額を押さえる。

「お前にも言ったか」

「兄ちゃんにも？」

「そりゃそうだ。しょっちゅう言われる」

「雪ちゃんって味覚にぶいの？」

頭を抱えたまましばらくうなり、兄はゆっくりと首を振った。

「違う。なんて言うか……そうだな、まあ、雪子の実家にちょっと癖があったんだ。

共働きの、忙しい家だったしな。あいつは家庭料理がどういうものか、あんまりピンときてない。結婚したときから、本人もずっとそれを気にしてる。味噌汁に葱と間違えてにんにくの芽が入ってたり、はじめはもっと大変だったんだ。けど、料理教室に通ったり、俺と練習したりして少しずつマシになってきてる。だから、あまり責めないでやって欲しい」

　見えない角度から心臓を木槌《きづち》で殴られた気がした。雪ちゃんのことはなんでも知っていると思っていた。小さい頃、私は雪ちゃんの家に遊びに行くたび「すごいね！雪ちゃんちのごはんいつも豪華だね！」とピザやとんかつや中華料理の出前を喜んでばかりいた。何十回となく彼女の家で夕飯を食べたのに、考えてみれば私は、ただの一度も、雪ちゃんのお母さんの料理を食べたことがなかった。

「お母さんはそれ、知ってるの？」

「言ってない。けど、なにかあるって勘づいてるかもな。いっそ『料理できません、教えて下さい』って言われたら母さんだって手の出しようがあるんだろうけど、むかし料理教室でイヤな目にあったらしくて、雪子も少し過敏になってるんだ」

　リビングの扉が開いた。お湯の香りがふわふわと漂ってくる。

「りーえー、途中まで一緒に行こう。トイレットペーパー切れちゃったから、私もコンビニ行く」

湿った髪をお団子に結った雪ちゃんに誘われ、私は兄と目を合わせてから立ち上がった。夜道を歩く間、自転車を引く手にいつまでもローズマリーの香りが残っていた。

家の中ではいつもほがらかに笑っているのに、外に出ると雪ちゃんはそっと頰の筋肉を緩める。少し表情の幼くなった、白い横顔を覗《のぞ》き見る。甘い出し汁をいっぱいに吸った筑前煮《ちくぜんに》、カマボコの入った茶碗《ちゃわん》蒸し、母が火加減を失敗した焦げ気味のハンバーグ。おそらくは、食べなかったのだ、この人は。味噌汁だって、葱と豆腐以外の「正しい」組み合わせがいまだによくわからないから、そればかりになるのだろう。にんにくの芽を入れたらなんでダメなのか、本当に、舌だけでは判別できないのだろう。

私には、それらをわからないということが、わからなかった。違いは、暗い淵《ふち》のようにも、なんでもない原っぱのようにも思えた。前なら、かわいそうな雪ちゃん、とひたすら繰り返しただろう。けどそれは「かわいそう」とは違うものなのかもしれない。ただ、それがどういうことなのか、わからない。わからない、はすぐに頭の中で暗い淵になったり、原っぱになったりするのでこわい。だから、それ以上考えなくていいように「かわいそう」としたのではないだろうか。体が弱いこと。夫が他の女に優しくすること。実家のこと、料理のこと。もしかしたらそれ以外にも無数の、私の知らないことがつまった雪ちゃんのたて穴。

彰人のハイハイについてだの、好きな芸人がすぐ近くの商店街に来て母が興奮していただの、そんな話ばかりするうちにコンビニへ着いた。雪ちゃんは、兄の話はしなかった。

「じゃあね」

「うん、げんきで」

雪ちゃんは顔の高さまで肘を持ち上げて、白い手のひらを旗のように揺らした。

美香ちゃんがお店を辞めた頃から、少しずつ三葉くんは無口になった。部屋で食事をとる間、私と話しているよりもテレビに目を据えている時間の方が多くなる。そうかと思うと、持ち帰った仕事をしている私の顔をじっと見ていることもある。甘い気持ちで顔を上げると、思いがけず硬い眼差《まなざ》しを向けられていて驚いた。

「梨枝さんは自分の体の外に、なんか、太陽みたいなさ、びかびか光って、正しくて、言うことを聞いていれば自分を守ってくれるものがあると思ってるの」

「なによ、いきなり」

時折、こんな唐突な質問をされる。私はしばらく考えて口を開いた。

「そんな太陽ってほどじゃないけど、でも、なんとなくこれは正しい、守っていると良いことがあるってものはあるんじゃない」

「たとえば？」

「人には親切にしましょう、とか」

「うん」

「嘘《うそ》をついてはいけません、とか」

「うん」

三葉くんは天井を見上げて数秒考え込み、また私へ目を戻した。

「人に善いことをすると善いことが還《かえ》ってくる？」

「そう、そういうの」

「善いことってどうやってわかるの」

「本当にその人のためを思ってやったことなら、善いことでしょう」

「俺の親、自分の人生がぱっとしねえのを心底憎んでたから。本当に娘のためになると思って無理矢理バレエ留学させたり、きついスケジュールでコンクールの申し込みしたりしてたよ」

「それは……言ったら悪いけど、独り善がりだったんじゃない？」

「どうしたら、目の前にあるもんが独り善がりなのか、そうじゃねえのかってわかるの」

　そんなことを言われたって、私にわかっているのは「私は頭が悪い」ということだけだ。黙り込むと、三葉くんは少し傷ついた顔をした。

「梨枝さん、そこで黙るのはずるい」

「三葉くんだって」

「ん？」

「ご両親のこと、そんな風に、思ってるなら。なんで恨めるの」

「恨むに決まってるじゃないですか。子供の頃からさんざん振り回された挙げ句、大事な姉ちゃん、ぼろぼろにされたんだ。善かれと思ってたとか、それまでの人生がどうとか、これっぽっちも関係ねえよ。恨むよ。当たり前だろ」

　三葉くんの目がじわりと光を帯びる。水平線に浮かぶ船の火に似た、遠い輝き。針を刺すつもりで言い返した。

「恨んだら、恨み返されることを覚悟しなくちゃならない」

「そうだよ」

彼は頷《うなず》き、一拍を置いて首を傾《かし》げた。

「違うな。恨まなくたって、その時が来たら恨まれる。自分が悪くても、悪くなくても、覚悟があろうとなかろうと」

三葉くんとの口論は、母とのそれとは違っていた。言葉を重ねれば重ねるほど、どうしてもこの子をねじ伏せて手元に置いておきたいと、根太い欲が腹の底を焼いた。どちらが正しい、間違っている、ではなく、息が苦しく目が回って頭の中でちかちかと赤い星が瞬《またた》くような、どうしても、だった。どうしても、どうしても。

こんなことも言われた。寝入りばなで、お酒が入った三葉くんは潤《うる》んだ幼い顔をしていた。

「梨枝さんといると、今まで俺が地面だと思ってた場所が沼に変わって、泥にずぶずぶ足を呑まれていく気分になる」

私は少し傷ついた。それが、いいことだとは思わなかったからだ。

「私といるのイヤ?」

「イヤじゃないけど、すこしこわい気もする」

三葉くんは壁に背を預けて毛布をたぐり寄せた。膝の上に抱えて、背中を丸める。

「ここを地面にするって一回決めて、だけど、もしそれが沼で、底はもっと下の方にあるって考え直すなら、もっかい泥にもぐることになる」

私は髪を乾かす手を止め、三葉くんに向き直った。彼はまばたきの回数を多くして、考え考え言葉を紡《つむ》ぐ。

「でもさ、沼に底なんかないのかも知れない。なあ、梨枝さんが欲しがるような、自分と母親がうまくいかなかった理由なんて、永遠にわかんないのかも知れないぜ。あれはこうだった、どっちが、誰が悪かった、って決めて、決めちゃって、次に行くのが普通じゃねえの」

三葉くんにとっての地面とは、親を憎むことだったのだろうか。なら、この子の沼とはなんだろう。言いたいことをまとめようと思っても、うまくまとまらなかった。頭の中で、毛糸玉がもつれて絡《から》まっている。つっかえつっかえ言葉を選んだ。

「こうだ、って私が一人で決めちゃったら、どんどん相手が本当に思っていたかも知れないことから遠ざかっちゃう気がする」

「うん……うん、そうですね」

「それも、同じくらいこわいことじゃない？」

「そうかな」

「そうだよ」

三葉くんは黙った。黙って、黒目がちの目で私を見つめる。私も、彼がなにを考えているのかわからないまま目を見つめ返した。なにもわからず、なにも交換されないのに、少しずつ私の陰気がこの子に染《し》みていく気がする。それを喜ぶべきなのか、悲しむべきなのかもわからない。

三月の初め、リクルートスーツの上着の裾《すそ》があまりにくたくただったので、前を歩く三葉くんの手を引き止めた。

「クリーニングとかちゃんと出してる？」

「出してる。え、なんか変？」

「変じゃないけど、ちょっと傷《いた》んできてるかな」

細かいしわが寄ったポリエステルの生地を撫《な》でる。もしかして、と思ってスーツの衿《えり》にも目をやると、角の部分がよれて反り返っていた。

「スーツ、これ一着だけ？」

「はい」

「うーん」

三葉くんは上着を脱ぎ、私が触れていた辺りの生地を見て不思議そうに首を傾げた。

そのとき起こった感情は、母が不幸せそうに散らかった部屋に寝転んでいる姿を見て湧《わ》き上がったものと似ていた。三葉くんに私が買った服を着せたいという恍惚感《こうこつかん》と、混ざっていた。でも、母の時よりも問題の解決はずっと簡単だ。

「ちょっと、今から買いに行こう。まだ店開いてるし」

「え、いいって！　記念日でもないのにそんな、高いもの」

「ちゃんとしたスーツの方が面接でも印象良いよ。身だしなみが整えられる子だって見てもらえるから」

かつんと小石を嚙んだように三葉くんの表情が強《こわ》ばる。目の奥に、おびえがよぎる。知らないことへのおびえ、畏怖《いふ》、遠慮。なぜだか胸が甘くなるのを感じながら私は彼の手を引いて駅へ向かった。帰宅途中のサラリーマンが詰め込まれた私鉄に揺られ、三つ隣の駅で降りる。駅前の百貨店のウィンドーガラスは桜のイラストがちりばめられたフレッシュマンズ応援フェアの広告で埋めつくされていた。

フェアのポスターが貼《は》られたスーツの専門店に入り、上下セットで二万円のコーナーではなく、生地がしっかりした六万円のコーナーへ連れて行った。多少は値が張る方が長持ちするだろう。あれこれと引っ張り出した品物を薄い体へ当て、最終的に二つボタンの、黒地に薄いストライプが入った細身のデザインを選ぶ。「着れば着るほど体になじむので、長く着られますよ」と私の母と同じ年代だろうスーツ姿の女性店員が目尻《めじり》にしわを寄せる。三葉くんは完全に着せ替え人形のようになって、どこか寄る辺のない顔で私と店員とを交互に見比べていた。シャツを二枚と爽《さわ》やかなグリーンのネクタイも合わせて、七万五千円をカードの一括で支払う。

店を出ると、両手で大きな紙袋を持った三葉くんが「ありがとうございます」と小さな声で言った。心もち両肩を丸めた姿勢で私の半歩後ろを歩く。その仕草がかわいくて、思わず髪を撫でると猫がするようにきゅっと目を細めた。彼はものを買ってあげた直後はどこか表情が幼くなる。そして、あまり私の顔を見ないで喋《しゃべ》る。

「就職、決まったら、ちゃんと今までおごってもらった分、返します」

「返さなくていいよ。私が好きで買ってるんだから」

「いや、でも」

「それより、就活がんばってね」

何か言いかけ、それを飲み込み、三葉くんは「はい」と小さく頷いた。揺れる前髪を見ながら、ふと、この子が敬語になるタイミングがわかった気がした。

アパートに戻ると、三葉くんは慎重な手つきで新しいスーツをハンガーに掛け、早めにシャワーを浴びて布団《ふとん》に入った。私は彼の背中を見ながらそばのテーブルで卓上ライトを点《とも》し、持ち帰った仕事を進めた。

同じ部屋へ帰り、ごはんを食べ、眠り、きれいな服を着せて大学やセミナーや面接に送り出す。そんな安穏《あんのん》とした日々が続いていく。三葉くんは忙しそうで、帰宅するとすぐに眠ってしまう。私も春の商品入れ替えであまり余裕がなく、部屋に帰っても仕事ばかりしていた。けど、会話が少ない淡々とした生活すら、倦怠期《けんたいき》の夫婦みたいじゃないかと私はどこかで喜んでいた。

「明日、店長会議で本社に行くけど、帰りに買ってきて欲しいものある？」

本社はいつも服を買っている百貨店と同じ駅にある。布団に横になった三葉くんの背中に呼びかけると、彼はすこし間を置いて、ごろりとこちらに寝返りを打った。

「もう、あんまり、服とか、買ってもらわないでだいじょうぶです。俺、服のカラーボックスぱんぱんになっちゃいました」

「そう？　でも、シャツとか、靴下とか、毎日スーツだから新しいの欲しくなるでしょ。あと、忘れてたんだけどさ、時計。腕時計、もっとちゃんとしたの買った方が良いよね。G-SHOCKじゃやっぱりカジュアルすぎるよ」

三葉くんはわずかに目を細めた。卓上ライトは点《つ》いていないのに、光を嫌がるような目つきだった。

「梨枝さんのその、ちゃんとしたの、って口癖ですか」

一瞬、心臓が鋭く跳ねる。なにか、開けたくない箱のふたが浮き上がるような気味の悪さ。けど、目の前の売り場案を今夜中に仕上げなければならないので、考えるのは後回しにする。後回しにする理由があることに少しほっとした。

「ちゃんとしたのは、ちゃんとしたのでしょう。やっぱり、社会人にならないとわからないことってあるからね」

「そりゃ……そういうこともあるだろうけど」

三葉くんは苦い表情で口をつぐんだ。私は悪寒《おかん》を振り払うよう意味もなく胸の真ん中を掻《か》いて、手元の書類に目を凝らした。隣で毛布の動く気配がする。また寝返りを打ったのだろう。動きが終わり、彼の目線がこちらに向いていないのを窺《うかが》って、私は細い肩のラインを覗いた。気がつけば、バレンタインの頃からもう二ヶ月ぐらいセックスをしていない。でも今どき、若いカップルの半分以上はセックスレスだと言うし、そんなものなのかもしれない。

絵のお金は、「まだ五万しか貯《た》まってない」がいつのまにか十万を越え、桜の頃には目標金額の二十万が間近に迫っていた。

「もうすぐ買えるね」

桜の天井を見上げて囁《ささや》きかけると、三葉くんはベンチから垂らした足を気だるげに揺らした。ほとんど毎日私の家で寝泊まりするようになってから、彼の貯蓄のペースは見るからに上がった。衣食住のうち、衣と食にかかる費用のほとんどを私が払っているのだから当たり前だ。つまり、二十万の資金のうち、半分ぐらいは私が援助したようなものなのだ。私はいつのまにか、彼の買おうとしている絵を私たちの繋《つな》がりの結晶のように考え始めていた。早く見たい。そして、喜びをわかち合いたい。ほんのぽっちりでいいから、梨枝さんのおかげだ、と言われたい。

三葉くんはほとんどなにも喋らず、ぼんやりと降ってくる桜を見上げていた。

四月の二十五日、給料日。彼の口座にもバイト代が振り込まれたはずだ。絵を買った、ようやく買えたよ梨枝さん、という連絡をどきどきしながら待ち続けた。それなのに、代わりに届いたのは「用事が出来たから、しばらく自分の部屋に戻ります」というそっけないメールだった。

お祝いに食べようと思った牛肉が、入れっぱなしのゴディバの隣で傷んでいく。

9

湯気の向こうから目線を感じた。細い、糸のような無痛の針が頬の辺りへ浅く刺さる。顔を向けると、バファリン女が黄色い風呂椅子《いす》にまたがって長い髪を泡立てている。他にも脱衣所や牛乳の自販機の前で、ふとした瞬間に見られている気がする。いつも通っている薬局の従業員だと気づかれたのだろうか。気づかれたなら気づかれたで何の問題もないけれど、絡みつく目線がうっとうしい。

うっとうしくても、時間を潰《つぶ》せる場所は銭湯ぐらいしか思いつかなかった。お客さま向け、スタッフ向けの笑顔を貼り付けて仕事を終え、夜勤明けの布団に倒れ込んで目覚めた夜中、私はびっくりするほど一人だった。三葉くんがいないと、しゃべりかける相手が誰もいない。誰にもしゃべりかけてもらえない。銭湯ですれ違うバファリン女や疲れ顔の繁華街の女たちが発する生き物の気配を吸い込むことで、辛うじて呼吸の仕方を思い出した。湯上がりにコンビニでビールを買い、一本目は飲みながら歩いて帰る。どうせこんな深夜にすれ違う人なんてほとんどいやしない。家に帰ってもう一本空け、最後に布団に寝転がって麦焼酎《むぎじょうちゅう》をすすり、ようやく眠気が訪れる。狭い六畳間はみるみる散らかった。部屋が静かだと落ちつかず、テレビをしぼった音量でつけっぱなしにしておくのが習慣になった。

時々、携帯に光が点る。雪ちゃんからだ。また母にイヤミでも言われたのか、「お茶しにこない？」としきりに誘う。返信をするのが億劫《おっくう》で放っておいた。

消臭剤をいくらまき散らしても、部屋からなまぐさく甘い匂《にお》いが消えない。

『用事ってどんな用事ですか。よければ相談にのるので連絡ください』
『もしかして就活絡み？　ＥＳ対策、手伝うよ』
『ごはんちゃんと食べてる？　忙しくてもちゃんと食べた方が良いよ』
『実家からカニが送られてきました。一人じゃ食べきれないから食べに来て』

いくらなんでもカニはやりすぎだ、と自分の送信済みメールを見ながら笑ってしまう。けど、私の冷蔵庫にはちゃんと毛ガニが丸々いっぴき入っている。商店街の魚屋で、千九百八十円だった。ゴディバの下の段で、これも少しずつ腐っていく。カニの茹《ゆ》で方もわからないのに買ってしまった。けど、心を託して買ったものが腐っていくのは善い。ゴミ袋に流し込む瞬間、膿《うみ》が体から絞り出されるような気分になる。

三葉くんは、バイトは休まず出勤していた。ただ、それ以外。朝食だったりデートだったりお泊まりだったりを、「忙しい」と拒まれる。「ちょっと一人で考えたいことがある」のだという。メールの返信もいつのまにか途絶えた。考えごとなんてしないで欲しい。今まで、なにかを考えてよかったことなんて一度もなかった。考えれば考えるほど、身動きが取れなくなるだけだ。自分がますます嫌いになり、たて穴が深くなるだけだ。

酒量が増えたせいか、ここのところ眠りが浅い。まぶたを持ち上げ、青暗い天井が目に映った瞬間、自分が起きているのか眠っているのかわからなくなる。目を凝らすと、枕元《まくらもと》に、台所の流しに、風呂場の浴槽に、ローテーブルの下に、さざんかの花が生えている。暗い中なのに、赤くぎらぎらと光って私を見ている。こちら側でこんなに咲いているから消臭剤をまいても臭《にお》いが取れないんだ、と妙な納得をして次のまぶたが開く。

あまりに目につくので、さざんかをちぎってみた。正面から一輪を手のひらでわしづかみにし、握りつぶしながらむしりとる。生の花の幽《かす》かな冷たさ、女の肌のようななめらかさ。ぶつん、と茎からもぎとって赤い残骸《ざんがい》を床へ落とす。手のひらの真ん中が黄色い花粉で汚れた。

「キュウ」

花が鳴いた。小さな生き物が踏み潰されるような声だった。三葉くんはいないのだから、いくら鳴いたって構わない。私は、花なんてぜんぜんかわいそうじゃなかった。そこに三葉くんの心が混ざっていたから手折らないようにしていただけだ。千切っても千切っても赤い花は部屋からなくならず、キュウキュウと鳴きながらもがれ続けた。

「みっともない」

花の一輪が濡れた声で喘《あえ》ぐ。黙ってそれもむしりとった。指の隙間《すきま》から赤い花弁が落ち、たて穴の底へ溜《た》まっていく。


あまりになにもしなかったら部屋全体が埃《ほこり》っぽくなったので、休日の昼間に仕方なく掃除を始めた。洗濯機を回し、換気をして、布団を上げて髪の毛と菓子くずに汚れた畳に掃除機をかける。どれだけ嫌な夢を見ても、夜が辛《つら》くても、部屋が汚くなったら自然と掃除をしようと思うし、寝て起きたら仕事に行かなければ、と思う。息をするのと同じだ。ずっと暗い場所に沈んでいられたらいいのに、生きるためのシステムみたいなものが骨に染みこんで私を動かしている。

掃除機の持ち手が棚の小箱に引っかかった。アクセサリーなどを入れている小物入れがひっくり返り、中身を畳へぶちまける。指輪、ブレスレット、ネックレス。それに紛れて転がる銀色の鍵《かぎ》。なんの鍵だったろう、とつまんだ瞬間に思い出した。

三葉くんのアパートの鍵だ。好き好き大好きと馬鹿《ばか》な小鳥みたいにさえずり合い、セックスばかりしていた頃の結晶。結局その後すぐに三葉くんが私の部屋に入り浸るようになったので、私がこの鍵を使ったことは一度もなかった。

今日は木曜日だ。三葉くんは大学に行っている。少しだけ、部屋に行ってみようか。部屋に行って、流しのコップだったり洗濯物だったり教科書だったり、三葉くんの生活の痕跡《こんせき》を見て、そうしたら、少し元気になれる気がする。いないうちに行っていないうちに帰れば考え事のじゃまにならないで済むだろう。

思いつきに、と、と、と心臓が速まっていく。鍵を握りしめたまま部屋の掃除を終え、短パンをお気に入りのスカートに穿《は》きかえた。自転車にまたがって桜の終わった薄曇りの町へ出かける。

柳原さんがいなくなったのはちょうど去年の今頃の季節だった。国道を行きかう車を横目にハンドルを切る。不思議なことに、時間が経《た》てば経つほど、あの人に聞いてもらいたいことが増えていく。似てはいけないと思うのに、あの心弱くて優しい人なら私のみっともない話でも笑わずに聞いてくれるのではないかと、思ってしまう。

　鍵を開けて薄暗い部屋へ入ると、泣きたいくらいになつかしい三葉くんの匂いが押し寄せた。玄関に立ち尽くしたまま、ぼうっとしてしまう。部屋の中は相変わらず住みよく整頓《せいとん》されていた。ベランダには洗濯物がひるがえり、本棚の前にはあふれた雑誌がきちんとそろえて積み上げられている。私がそばにいなくても三葉くんはまったく変わらずに存在し、日々の細々としたことをこなしながら、私よりもよっぽどまっとうに生活している。当たり前のことがなんだか辛い。

　暮らしを見るだけで満足できると思っていたのに、実際それを目に映すと、なにかしたくて仕方がなくなった。関与したい。干渉したい。出来るなら、喜ばせたい。お菓子をたくさん買って置いておいたら喜んでもらえるだろうか。なにか洋服とかの方が良いだろうか。うろうろと病のように考えて和室に上がる。畳の真ん中に腰を下ろし、そのまま横向きに寝そべった。

　押し入れに、二センチほどの隙間が空いている。なにも考えずに手を伸ばし、指先を引っかけてふすまを開く。上の段には前に来た時と同じく寝具が、下段には段ボール詰めにされた本とＣＤが詰め込まれていた。その段ボールと押し入れの壁の間に、見慣れない緑色の紙袋が差し込まれている。中身は板状でさほど厚みはなく、触れると固い。引っ張り出そうとすると、案外奥行きが深かった。縦横一メートルとまではいかないものの、扱いにくさを感じるぐらいには大きい。紙袋の中に入っていた化粧箱を慎重に引っ張り出し、畳に置いて桜色のふたを開く。ふたの縁が柔らかい。三葉くんは頻繁にこの箱を開け閉めしているのだろう。

開ける前からわかっていた気がする。中に入っていたのは、一枚の絵だ。青く薄暗い密《ひそ》かな空間に、一人の少女が腰を下ろしている。絵画に詳しくないので画家の名前はわからないが、うずくまる彼女の吐息が伝わってきそうなくらい生々しく静かなタッチだった。少女の顔は薄闇《うすやみ》に覆《おお》われ、代わりにあどけなく丸みを帯びた膝や、周囲の床が橙色《だいだいいろ》の西日に照らされて光っている。それは、しゃべらずともそばにいられるくらい彼女と親しい相手だけが見られる景色だった。

少女は、バレエの衣装を身にまとっていた。楽屋裏で、トウシューズの修繕をしようとしているところだった。

壁に立てかけてその絵を眺める。雪ちゃん、と小さな声で呼びかける。雪ちゃんは、「かわいそうな女が好き」という兄のみっともなさを、許せたのだろうか。三葉くんは私のことを初恋の人と似ていると言った。親と喧嘩《けんか》も出来ない私のみっともなさは、そんなに彼の姉と似ていたのだろうか。みっともなさ、ともしかしたら三葉くんははじめ、思っていなかったのかも知れない。彼の中で、心優しく繊細な姉は完全なる被害者だった。だからこそ、私と過ごすうちに姉の中にあったかも知れないみっともなさを想像し、混乱し始めたのだ。

青色と橙色、少女の頬のラインが網膜に焼きつく。私は何時間その場で呆然《ぼうぜん》としていたのだろう。背後で扉の開く音がして、振り返ると玄関に立ち尽くす三葉くんがいた。手に、近くのスーパーで買ったのだろう食材の入ったビニール袋を下げている。暗い穴のような目をしていた。

「お姉さんのこと、好きだったの？」

三葉くんは少女の絵と私を見比べてなにか言いかけるも、まっ青な顔をして畳へ目を落とした。

かわいそうだ、とふと思う。勝手に見るなと怒鳴ってもいい、関係ないと振り切ってもいいのに、今の三葉くんは自分を守るものをなにも持っていなかった。切り取られてトレイに乗せられたむき出しの内臓みたいに無防備で、なにも言えずに傷んでいた。今まで私が他人に振りまいてきた安っぽい哀れみとは違い、水に沈めた果物が浮かび上がるみたいに自然と感情が湧き上がる。こんな風に暴《あば》かれて、三葉くんは、かわいそうだった。

ああ、それなのに、同じ速度で立ち上ってくる。あんなにたくさん食べさせてあげたのに四万円のカーディガンだって六万円のスーツだって買ってあげたのにひもじさから救ってあげたのに絵のお金だってほとんど私が出したようなものなのにこんなにみじめでなんにもない「本当」はひどすぎる。恨んでいい。恨むべきだ。そう思った瞬間、目の前が真っ赤に焼けた。

「気持ち悪い」

三葉くんの薄い肩が震え、こわばった頬が青を通り越して真っ白になった。傷つくのは、それを恥だと思うからだ。恥ずかしいことなんてなに一つ無いように見えた三葉くんが、恥じている。

母を捨てた日と同じ、熱した油みたいな興奮が腹の底から湧き上がってきた。

「こういうの、気持ち悪いよ。信じられない」

そういうのじゃないんです、とうつむいた三葉くんがしぼり出すような声で言う。じゃあなに、と聞き返しても嚙《か》みしめられた唇はなかなか動かない。せり上がり、よどみ、つかえて、飲み下す。でくのぼうになった彼の内側で、血を吐きながらのた打つものが見えるみたいだ。だって、私も同じだった。同じように、でくのぼうになって何度も立ち尽くして、言い負けて、だから、いつだってこちら側になりたかった。頬が緩む。唇が、私とは別の生き物になって、もっともっととしゃべりたがる。もっともっと正しく、もっともっと強く、もっともっと押さえつけて、もっと。

ふと、目の前をつま先がよぎった。小学生のころに履いていたピンク色のスニーカー。中学、高校と履き続けた味もそっけもない革靴。大学に入って、初めてペディキュアを塗った時には色気づいてと笑われた。それよりそのみっともない足をなんとかしなさいよ。だからどんくさく見えるのよ。笑いを含んだ、羽のように軽い「みっともない」がうつむいた頭に降ってくる。みっともない。お母さん、あんたのためを思って言ってるんだからね。どれだけ馬鹿にしてたって身内じゃなきゃ本当のことなんて誰も言ってくれないのよ。みっともない。言われながら、つま先ばかり見ていた。みっともない。降り積もる。あのとき母はどんな顔をしていただろう。怖がらずに、顔を上げて見ておけばよかった。

きっと、今の私みたいな、唇の緩んだこの上なくみっともない顔をしていたはずだ。私はまぎれもなく母の子供だった。いやだ、ととっさに肉の緒を断つように舌を強く噛みしめる。痛い。けど、代わりに口元の脂《あぶら》っこい薄笑いが消える。息を吸って吐き出すと、ねじれた奇妙な声がでた。

「気持ち、悪く、ない」

　落ちた三葉くんの顔が上がった。驚いた目で私を見る。黒い目。大好きだった目。大好きだったのに、私のことなんてこれっぽっちも見ていなかったのかもしれない。セックスの間も、お姉さんのことばかり考えていたのかもしれない。自分をなぶる想像だけでも全身がびりびりと痛み出し、鳥肌が立つほど悲しい。同じだけ、同じだけ痛めつけなければ収まらない。

「違う、気持ち悪い」

「梨枝さん?」

　ガツンガツンと固いものがぶつかり合い、脳がパンクしそうだ。近づいて来た三葉くんの手が私の肩へと触れて、具合を確かめるように何度か撫でた。優しい子だ。自分を殴りつけた相手でも、苦しんでいたら自然と手が伸びる子だ。

「帰るね。急に来て、ごめん」

　肩を包む手をそっとすくって遠ざけた。三葉くんはつついたら水があふれ出しそうな顔をしていた。言いたげなのに、言えないようだった。私も同じだった。途方に暮れたまま見つめあい、じゃあ、と馬鹿みたいなことを言って彼の部屋を出た。扉の外は、日暮れの風が生暖かい。

茜色《あかねいろ》に染まる国道を、自転車を引いて帰った。サドルにまたがるよりも、一歩一歩、地面を踏んでいきたい気分だった。

去年の夏、同じ道を歩いている途中に兄から電話がかかってきた。そして、家を出ようと決めた。本当に自分で決めたのだろうか、とトラックの排ガスに頬をなぶられながら思う。紺地に白い花が散ったスカートのすそがはたはたと足首をくすぐる。携帯が鳴った。三葉くんかと慌《あわ》てて取り出すと、雪ちゃんからの着信だった。野坂雪子、と表示された画面が星のように光る。

長いコールだった。色とりどりのランプを明滅させる携帯が、助けを求める小さな生き物のように見えた。私は、絵を暴かれた三葉くんみたいな暗い目をしているのだろう。手のひらに乗せたまま、悲鳴が絶えるのをじっと待った。十五を数えて、メロディは途絶えた。

一人暮らしの部屋は出かけた時と帰った時とで空気がまったく動かない。扉を開けると、毛布に似た親しい気だるさが全身を包んだ。掃除をしたばかりで、物の転がっていない畳の真ん中へ座り込む。

まるで、嘘みたいだ。三葉くんの部屋に行ったことなんて、うたたねをしている間に見た夢みたいだ。なかったことに出来てしまいそうなのに、穴の空いたような黒い目と、手のひらで光をばらまく携帯の明滅が頭にこびりついて、離れない。

視界の端で動くものがあった。振り返ると、細長い姿見が私の背中を映していた。こんなもの、いつ買ったんだっけ。そうだ、花柄のロングスカートを買い始めた頃に、それを着ている自分の姿を見たくて買ったのだ。一着一着、新しい服を買うたびに嬉《うれ》しくて、鏡の前でこまのようにくるくると回った。回り続けるうちに、自分が花柄のスカートを穿くことについて、なにも思わなくなった。

立ち上がり、向き直る。鏡には、知っているような、知らないような、狸《たぬき》みたいな顔をした女が血の気の失《う》せた顔で映っている。これが私だ。肉に包まれている。濡《ぬ》れた目玉がこちらを見返す。なにを考えているのだろう。白いブラウスに、紺のスカートを合わせている。肩に触れる長さの髪は、毛先が少し傷んでいる。わたしは、と胸で呟《つぶや》く。わたしは、と繰り返してゆっくりとスカートを脱いだ。生白く、表面に青い血管が浮いた太もも。

私は結局、自分の足が太いのか、そうでないのかすら、よくわからないのだ。母は太いと笑い続けた。友だちや、社会に出てから出会った人は普通ですよと言った。よくわからないってなんだろう。誰かが決めてくれるのを待っているのか。自分では決められないのか。太い、と決めるなら何センチ減らすとノルマを作ってダイエットでもすればいい。普通、と決めるならもうそんなことを気にするのは金輪際やめてしまえばいい。どうでもいいでも、欠点の一つとして諦《あきら》めるでも、なんでもいいのに。よくわからない、のままにしているから、いつまで経っても薄い闇が終わらないんじゃないか。誰が現れるのを待っているのだろう。その相手は、本当にこの世にいるんだろうか。

決める、と無音で唇を動かすと、血色の悪い太ももをむき出しにした鏡の中の女が「決める」と小さな声で返した。

10

朝もしくは夕方の決まった時間に起き、菓子パンを食べて出勤し、仕事が終わると銭湯へ行って帰りにコンビニでビールと弁当を買って帰る。好きな人を失い、好きな人を拒み、私の生活はこの上なく単調になった。職場しか人との接点がないので、仕事上のトラブルが起こると少し辛い。けど、石を飲み下し、じっと客やスタッフの話を聞いて改善点を洗い出していけば大抵の問題は流れ去った。それは母との確執のように「いくら考えてもよくわからない手の打ちようのないこと」ではなかった。大抵は「早急に対応して一定の落としどころを見出《みいだ》し、どんどん消化していかなければならないこと」だった。

タイミングがいいのか悪いのか、先月から三葉くんは就活のためにバイトを減らしていた。週に一度の出勤日は夜勤で、私ではない社員とペアになっている。たまに休憩室ですれ違うことがあっても、お互いに挨拶《あいさつ》を交わす程度でそれ以上はなにも言わない。私と目が合うと、彼は少しすくむ。けど、どこかもの言いたげで、こちらを見返す時間が長かった。私も三葉くんになにかを言いたい気がした。けどなにも浮かばなかった。

日常で心乱れることはずいぶん少なくなったのに、いつのまにか酒量が増えて胃痛が癖になった。眠れない。酔うと、眠るまぎわの薄闇にさざんかが現れてうるさい。最近では、携帯のメロディを歌うこともある。群生の上部から順番に、一輪ずつちぎって落としていく。キュウ、キュウ、キュウ。薄暗い部屋の畳は、もう足の踏み場がないほどの緋色《ひいろ》だ。落ち葉のように花びらを蹴飛《けと》ばして、寝ているんだか、起きているんだか、スカートの裾をひらひらさせてビールをする。

虎《とら》の湯の浴槽に浮かべられたネットの中身は、月曜日がミント、火曜日が菖蒲《しょうぶ》、水曜日がまたミント、木曜日がリンゴ、金曜日がみかん、土日がまたまたミントだった。バファリン女がいるときには彼女に譲り、いないときには私がネットをじゃぶじゃぶ揉《も》む。金曜の夜には「よく来るね」と相変わらずふわふわの髪を紫色に染めた番台のおばあさんがみかんを二つくれた。

「ほんとは重曹や酒なんかも体にいいし入れたいんだけどね、葉っぱとか果物とか、目に見えるものが入ってた方がお客さんが喜ぶんだ」

もらったみかんの一つを家で食べると、すっぱかった。舌が驚いて、驚くということがあまりに久しぶりで、少し涙が出た。口の中が痛くなるのもかまわず最後のふさまでしゃぶり終え、残り一つはテーブルの上にカビが生えるまで飾っておいた。

ほぼ毎日銭湯に通っていると、深夜帯にたびたびバファリン女を見かける。最近は一時期よりも体に肉が戻ったように思う。頬が柔らかく張り、首筋のかげりが消えた。寒い季節が体に合わないのか、それともたまたま多忙か心労が重なったのかは知らないけれど、こんな風に、銭湯の同じ浴槽に浸《つ》かるこの女は、私のあずかり知らないところで美しくなったり醜くなったりを繰り返すのだ。まったく関係ないのに私は彼女を見ておびえたり、哀れがったり、疎《うと》んじたり、まるで自分が彼女であるかのように思ったりする。彼女も時々、水のような目線を私へ送ってくる。

日に何度か、携帯が輝く。着信は母、そして雪ちゃん。三葉くんからはメールも着信もない。母は留守番電話を残していた。雪ちゃんが最近具合悪そうなんだけど、あんまり話してくれないのよ。あんたなにか聞いてない？　産後うつかしらねえ。雪ちゃんの方は着信ばかりで、なにも音声は残していない。馬鹿みたいだ。この期《ご》に及んで私は、母に心配してもらえる雪ちゃんがうらやましかった。

月曜日、ミントの湯に浸かっていると、少しずつ視界がせばまってきた。まずい、と思って立ち上がる。うまく見えない。とりあえず涼しいところへと脱衣所に向かい、自分のカゴから手探りでタオルを体へ巻き付けた。自販機で飲み物を買いたいのだけど、足がもつれて仕方ない。

「だいじょうぶ?」

肩に誰かの手がかかった。ああ、ダメだ、吐く。でも、ここで吐いてはいけない。いい大人が、みっともない。だいじょうぶです、と言いながら手を押しのけて浴場へ向かった。吐くならせめて少しでも掃除のしやすい場所へ。扉を開けた瞬間、水の匂いに気がゆるんだのかすっぱい液体が滝のように口からあふれ、床が近づいてきた。

いつのまにか、私は実家の縁側に眠っていた。目の前で、雪ちゃんが何枚ものシーツを物干し竿《ざお》に干している。薄く、彰人の汗の匂いがする。庭からは母の薔薇《ばら》が香ってくる。清潔に爪《つめ》の切りそろえられた雪ちゃんの指が兄の使っている水色のシーツを伸ばす。雪ちゃんはもう強くて泣かないかまきりの雪ちゃんではなかった。下腹はぽたりと垂れているし、ずるずると泣いたり、むなしい星を集めたりする。それでも、せっせとシーツを干している後ろ姿は一本の木のように孤独で、凜々《りり》しかった。

梨枝さん、と呼ばれてふりかえる。私は自分のアパートの部屋にいた。人差し指と中指の間に煙草《たばこ》を挟んだ三葉くんが、ひょいひょいと指先を揺らして夜のベランダから呼んでいた。三葉くんは「またあの猫が来てる」とうれしそうに隣家の塀を歩く三毛猫を指差した。私は猫ではなく、手すりからだらりと垂らされた彼の手を見ていた。私に触れるときにはいつも自信なげな、骨っぽく薄い手。この子と暮らすのが好きだった。外ではハリネズミのように気を張り巡らせている「如才のない三葉くん」が、家だと幸せな猫のように輪郭がゆるむ。なにもしてくれなくても好きになったのに、そばにいることに慣れたら、たて穴を埋めてくれないことが苦しくなった。

目を開いていたはずが、不思議ともう一枚まぶたが開いた。天井が見える。脱衣所の銀色の換気扇。

「目が覚めた？」

泣きぼくろのついた色っぽい目が覗《のぞ》き込んでくる。頭のすぐそばにバファリン女が座っていた。襟ぐりの広いワンピース姿で、湿った髪を後頭部でお団子に結っている。状況がわからず呆然としていると、冷えたスポーツドリンクのペットボトルを頬へあてられた。

「状況わかる？　店長さん、倒れたのよ。顔色悪いのに長湯してるから危ないと思った」

肌にやたらと扇風機の風が当たって、すかすかと頼りない。目を下げると、私はべンチの上に自分のバスタオルを敷布にして横たわっていた。体の上には、もう一枚黄緑色のバスタオルが掛けられている。バファリン女のものだろうか。

迷惑かけてごめんなさい、とスポーツドリンクを受け取り会釈《えしゃく》をすると、女はどこか苛立《いらだ》った様子で顔をしかめた。

「それよりあなた、なんでさっき勝手にふらふら行っちゃったの。頭打つところだったのよ？」

「吐きそうだったから、吐くなら水場にしなきゃって思って」

「それどころじゃないでしょう。ちゃんと自分の体を守りなさいよ、わけがわからなくて気持ち悪いわ」

バファリン女はつけつけと口にして私にくれたのと同じメーカーのスポーツドリンクをあおった。湿った喉《のど》が柔らかそうにうごめく。バファリン女に親切にされているのは、夢の続きのように現実味がなかった。

女の目もとのほくろを見ているうちに、自然と唇が動いた。自分でも聞いたことのない、金槌《かなづち》が杭《くい》を打つ音に似た、はっきりと響く声だった。

「吐くなら水場、恥ずかしい洋服は着ない、人に迷惑をかけない、大きな声を出さない、みっともないことはしない、そういうものから、出られないの」

言い終わってから指先が触れているベンチの冷たさ、プラスチックの手触りに我に返った。こぼれた言葉に自分で少し驚く。母や実家や三葉くんや、あんなに色々なものから逃げて逃げて、それでも私はまだ出ていない、どこかへ出たいと思っていたのか。こちらを見下ろし、女はさほど興味もなさそうにふぅん、と鼻から息を抜いた。

「店長さん、イイコちゃんだものね。いまだに私が薬を買うたびになんか言ってくるし。しかも、私がどうこうじゃなくて、注意するって決まってるからイヤイヤ声かけしてるでしょう。わかるのよ、そういうの」

「ごめんなさい」

「謝るのね」

ちょっと失礼、とベンチを立ち、女は換気扇の下の喫煙スペースで煙草をくわえた。薄いメンソールの匂いがこちらまで漂ってくる。裸でいるのが心もとなく、私は起き上がって眩暈《めまい》がないことを確認すると急いで服を身につけた。焦《あせ》っているせいか湿った肌に布地が貼りついて、うまくジーンズを引き上げられない。もたつく私を、女は温度の低い目で眺め続けている。

借りたバスタオルを畳み、少し迷って「洗濯してお返しします」と告げると女は片手を伸ばして「どうせ洗うからいいよ」と言った。また少し迷い、女の手へ湿ったバスタオルを渡す。指が、むらのないローズピンクに塗られた爪の先とほんの一瞬触れ合った。

「考えてみれば、かわいそうかもね、店長さん」

「え？」

「親御さん厳しかった？」

「厳しく……厳しくは、……厳しかったかも」

「そう」

女は一つ頷《うなず》き、それ以上はなにも言わなかった。私も彼女と目を合わさず、化粧台で髪を乾かすことに専念した。かわいそう、がずっと頭を回っている。かわいそう。かわいそうって、なんだ。親がどうこうと、なぜ女は聞いたのだろう。

帰り支度を整え、最後にお礼を言おうと振り返ると、女は先ほど私が寝転んでいたベンチに座り、膝《ひざ》の上で化粧ポーチを開いていた。リップスティックや化粧水らしきミニボトルの隙間から、銀色の薬のシートが見える。ぷちぷちと錠剤を押し出してスポーツドリンクに手を伸ばす。

あ、と思わず声が出た。

「飲まないで」

ちらりと私を見返し、女はためらいなく錠剤を口へ放り込んだ。スポーツドリンクで喉の奥へと流し込む。

「いやよ。朝方に頭が痛くて目が覚めるのいやだもの」

「お願いだからちゃんと病院に行って下さい。市販薬ばかりえんえんと飲んでても治りませんよ」

「急に仕事っぽくなるのね」

女は目を細めておかしそうに笑う。化粧ポーチをカゴ編みのトートバッグへしまい、私と並んで脱衣所を出た。番台のおばあさんがバファリン女を見て、「サキちゃんこないだ忘れたタオルわかった？」と声をかける。バファリン女ははにかみまじりに笑い、「ちゃんと回収しました、ごめんなさぁい」と軽い会釈をした。

私の家と同じ方向へ、女は半歩先を歩いていく。

「薬の飲み過ぎで頭が痛いっていうのは正解よ。なんだっけ、前に言ってた乱用なんとか」

「薬物乱用頭痛」

「そうそれ」

「自覚してるんですか」

「うん、二年ぐらい前に病院に行って飲むのやめろって言われて、でも、断薬できなかったの。頭ががんがんして、しんどくて、なにを食べても吐いちゃって、どうしてもがまんできなかった。痛みをこらえて寝込んでる時って、なんであんなにみじめな気分になるのかしらね。それでも仕事は行くし、なにか買うなり作るなりして食べないと死んじゃうし」

「ご家族にサポートして頂くことはできなかったんですか？」

「私、ひとりだもの」

女の言う「ひとり」は単なる一人暮らしという意味合いとは違って聞こえた。暗い穴をひらりと飛び越すような、それ以上の問いを拒む軽やかさがあった。

「医者には『あなたほど我慢のできない患者も珍しい』って馬鹿にされたわ。考えてみれば、別に私が頭痛もちだって、薬代がかかるぐらいで大して困ることはないのよね。薬さえ飲んでればそんなに痛くならないし、前にかかってた片頭痛よりはマシよ。今の方が良いの」

「薬を飲み続けると、胃に負担がかかりますよ。腎臓《じんぞう》にも」

「別に良いわ。長生きする気もないし」

軽く軽く、奇妙なくらいに明るく言って、川の手前の三叉路《さんさろ》で女は「私こっちだから」と細道を指差した。

「おやすみなさい、店長さん」

「おやすみなさい」

サキさんと呼んでみたかったけど、呼べなかった。女はワンピースの裾《すそ》を翻《ひるがえ》して夜の道へ消えていく。

アパートの六畳間へ帰りつき、敷きっぱなしの布団に腰を下ろした。底に半月形のコーヒーの残滓《ざんし》がこびりついたマグカップや、仕事のプリントが置いたままになっているローテーブルをぼんやりと眺める。

生臭い、花の匂いがした。酔っていなくても、姿が見えなくても、いつだってさざんかは私の部屋に咲いている。知っていた。まぶたを閉じれば、緋色の花弁がひっそりと光る。肺に、食道に、肋骨《ろっこつ》の空洞に緑色の葉を茂らせ、下腹の生温かい孤独にこまかな根を食い込ませている。千切っても千切っても花が無くなることはなかった。当たり前だ。私の心臓が血を押し出し続けるのとおんなじだ。目を開けて、寒々としたた一人の部屋へ呼びかけた。

「私、かわいそうだったの？」

まぶたの裏で、花はなにも言わずに私を見ている。

「かわいそうで、でもそれ、どうすればいいの」

花はなにも答えない。女も「かわいそう」以外はなにも言わなかった。私だって、今まで「かわいそうかわいそう」と哀れんできた相手になにか言えたことなどなかった。かわいそうと言われたって、自分の生きてきた時間に一体なにが欠けていたのか、それは今さら取り返せるものなのかもわからない。

欠けていても、みっともなくても、緋色の花は黙って私の中に咲き続ける。

土曜日は朝から夕方までを男性社員の横田さん、夕方から翌朝までを私が担当することになっている。休日は特売に設定した商品も多く、客数が平日の倍になる。どうしても店内が慌ただしくなるため、私は大抵交代の時間よりも一時間ほど早く出勤して書類仕事を先に片づけることにしている。

その日、急な売り場の変更指示が本社から出されたため、その準備も先に済ませてしまおうといつもよりさらに三十分早く家を出た。なんでも贔屓《ひいき》にしている化粧品メーカーの商品が売れっ子清純派女優の愛用品として昼のバラエティで紹介されたらしい。「あの女優も愛用!」のポップを作って目立つ位置に展開すればさぞ売れるだろう。ドラマの出演時に彼女が使っていたファンデやチークの情報も流れてきているので、ひとまとめにしてセット提案するのもいいかもしれない。お客の並んだレジで商品をさばいている有野さんに目礼し、早足で休憩室の扉を目指す。

引き戸に指を当てた瞬間、てんちょう、とくぐもった声が聞こえた。横田さんと、食品を担当しているパートの曽我《そが》くんの声だ。

「ああ、言われてみると確かになんかお嬢さんっぽいなあ」

「だろう？　あの『これ、どうでしょううう』って眉毛《まゆげ》ハの字にしていちいち聞いてくんのがホントうっとうしいんだ。あの年まで大した苦労もしないで、周りにべたべた甘やかされながらやってきたんだろうな。いいよなあ、いい身分だよなあ」

「横田さん、苦労してますもんね」

「言わせるなよ」

脂っこい笑い声を聞きながら、胸にすとんと落ちてきたのは悲しみや怒りではなかった。それは、しっかりとした手触りと適度な重さを持った、納得に近い感情だった。こんなに、違うのだ。横田さんが抱いている私の像と、実際の私と。そうだ、私がなににおびえて生きてきたかなんて三葉くんとすらうまくわけ合えないのに、横田さんにわかるわけがないのだ。私だって、職場でこんなに迂闊《うかつ》に上司の悪口を言う彼がなにを考えているかなんて、一欠片《かけら》もわからない。ただ、横田さんが私を笑う声には、私が三葉くんを罵倒《ばとう》した時に口元へ浮かんだのと同じ優越のぬめりがあった。彼の中にも私と同じく、なにかしらの、人を笑うことで上塗りしてしまいたいものがあるのだろう。

この人がどれだけ私を笑っても、馬鹿にしても、その原因は私にはなんの関係もないことなのかもしれない。その時が来たら恨まれる、と三葉くんは言った。自分が悪くても、悪くなくても、覚悟があろうとなかろうと。

引き戸の金具の曇った銀色が目に焼き付く。くぼみに指を差し込み、一息に扉を開けた。ロッカーに背を預けた曽我くんがびくりと背を浮かせる。横田さんはパソコン前の椅子に腰かけたまま、ぽかんとした目で私を見上げた。

「二人とも、レジが混んでるのになに休んでるの。坂上さんも二レジ入ってて、フロアに誰もいないよ。早く出て」

はい、と鋭い返事をして曽我くんが私の横をすり抜ける。横田さんはまだ目を丸くしていた。作業するから空けてください、と椅子の背を叩《たた》いて立ち上がらせる。パソコンのメールボックスを開き、売り場替えの指示をプリントアウトした。

「この、女優が紹介してた化粧品の配置換え、夕方のピークの前にやっちゃいたいんでよろしくお願いしますね。坂上さんにレジ当番から抜けてもらって、代わりに真澄ちゃんで」

「店長、いたなら声かけてくださいよ。まさか聞き耳立ててたんですか」

振り返ると、横田さんの口元にはかすかな笑いがあった。笑って、茶化すような素振りを見せながら、この場の力関係をひっくり返すタイミングを測っている。彼の顔を見ているうちに心臓が痛いくらいに拍動を強め、二の腕に淡く鳥肌が立った。ああ、この人のそばにいたくない。イヤだ。こわい。こわい。自分が嫌われている、攻撃を受けるかもしれないという状態がどうしてもこわい。いちばん簡単なのは今までと同様に、すみません聞こえちゃって、とか、その節はご迷惑をかけて、と低姿勢で逃げてしまうことだ。

でも謝った瞬間、それは「私が悪かったこと」になってしまう。だめだ、それをやり続けたら死んでしまう。すみません、とほとんど反射のように謝りたがる舌を噛みしめて、お客へするように微笑《ほほえ》みかけた。

「ものまね、お上手でしたね。フロアまで声が響いていました。休憩室では静かにって、新人さん相手みたいなこと言わせないでくださいね」

横田さんの顔がさっと強張《こわば》った。耳の先を紅潮させ、見開いた目で私を睨《にら》みつける。私は笑え、笑え、と表情筋に言い聞かせたまま、黙って彼の顔を見つめ返した。すこし当てつけが過ぎたかもしれない。加減がわからない。おびえが伝わらないように、弱く見えないようにと迷ううちに、余計な皮肉がするりと口から出てしまった。また間違ったのだろうか、もっとうまく言えたら良かった。脇《わき》と背中に冷や汗が噴き出す。それでも、笑え、と馬鹿みたいに念じ続けた。

五秒待って、横田さんはゆっくりと息を吐き出した。まだ、眉間《みけん》の辺りに険を残したまま、重たげに口を動かす。

「なんか雰囲気、変わりましたね」

「そうですか？」

「無駄口叩いてすみませんでした。配置換え、俺が見ます」

フロアを出て行く横田さんの背中が扉で遮られる。まばたきをした視界が揺れて、ようやく私は、自分の膝が震えていたことに気づいた。

休みの日に、卵を買った。失敗に備え、十個入りのものを一パック。卵焼き器も買った。サラダ油や調味料はもともと三葉くんがうちで使っていたものが残っている。

駅前のインターネットカフェで「卵焼き　作り方」と検索ボックスに打ち込む。すぐに写真付きのレシピがずらずらと出てきた。卵の混ぜ方、具の刻み方、卵焼き器を熱して薄く油を引くこと、卵は奥から手前へと巻いていくことなど、いちばんわかりやすく書かれたページをプリントアウトして鞄《かばん》に入れる。

ふと、母はよく弁当のおかずにカニかま入りの卵焼きを作ってくれたことを思い出した。帰りにコンビニのつまみコーナーに置かれたカニかまを購入する。アパートへ戻り、さっそく卵焼き器をコンロへ乗せた。レシピ通り、卵三つをボウルに割り、攪《かく》拌《はん》し、刻んだカニかまを入れて塩を混ぜる。

一つ目は火が強すぎて焦《こ》げ目の付いたスクランブルエッグになった。

二つ目はなんとかそれらしく巻けたものの、水気が抜けてぱさぱさしている上、味がのっぺりと単調だった。子どもの頃に食べた卵焼きはもうちょっとおいしかった気がする。甘さが欲しい。出来れば煮物の汁みたいな、色々な味の混ざったものが。なにかないかと流しの下を開き、三葉くんが使っていたみりんとめんつゆを見つけた。数滴ずつ垂らして、また巻いてみた。

三つ目は普通の味だった。食べたことがあるような、ないような、ないとしてもそんなに悪くはない味だ。タッパーに詰めて、実家へ向かった。

運がいいことに家に居たのは母だけだった。雪ちゃんは彰人を連れて九ヶ月検診に出かけているらしい。「あらどしたの」と目を丸くして母は私を迎え入れた。

「ちょっと聞いてみたいことがあるの」

「そう」

　母の和室は、前には敷きっぱなしの布団《ふとん》の上に菓子くずが散乱していたのが嘘《うそ》のように片付けられていた。アロマポッドやレースのテーブルかけなどの小物がなくなり、代わりに棚の本が増えた。背表紙を読む限りではカタカナの多い、海外の本を多く読んでいるようだ。イエス、ヴィア・ドロローサ、ゲッセマネの祈り、古代キリスト教などの文字が多く見られて面食らう。いつのまにキリスト教にはまったのだろう。座《ざ》椅子《いす》に置かれた読みさしのハードカバー本の背表紙には『マタイ』の文字があった。ぽかんとしながら眺めていると、母が麦茶を持ってきてくれた。

「なに、なんでいきなり宗教?」

「いきなりってねえ。近所の奥さんに勧められて読み始めたんだけど、面白いのよ。理にかなってて、気持ちが落ちつくの」

「ええーそういうのってどうなの……」

　こわい、がまた顔を出した。母が、私のまったく知らない人になってしまうようでこわい。それに、お金を大量に要求する新興宗教か何かにはまっていたらどうしよう。

　母は涼しい顔で本を閉じ、「まあそれはいいから、今日はどうしたの」とうながした。

卵焼きの入ったタッパーのフタを開け、持参した爪楊枝《つまようじ》を添えて母に差しだす。

「食べてみて」

「なによこれ」

「ちょっと、練習したの」

怪訝《けげん》そうに眉をひそめ、母は少し乾いた卵焼きを口へ含んだ。頬ばり、眉間のしわをほどく。

「あら、まああじゃない？」

「ほんとう？」

「ちょっと出汁《だし》が薄いけど、食べられなくはないわ」

「二回失敗して、これが三回目なの。雪ちゃんのとどっちがおいしい？」

母の眉間に再び深いしわが寄った。一瞬私を睨みつけ、まるで口内に残る味を確認するかのように頬の内側で舌を動かす。少し間を置き、苦みの混ざる声で言った。

「あんたの作ったやつの方がおいしいわ。——でも、三回で作れたとかそんなこと、ぜったいに雪ちゃんに言うんじゃないわよ」

「わかってる」

タッパーを閉め、たしなめる色合いが消えない母の目を見返す。この人と喧嘩をしないようにと、そればかりをおびえながら考えていた時期があった。今は、しかめ面《つら》と向き合ってもあまり心臓の鼓動は速まらない。母も変わった。私と二人きりで暮らしていた時よりも肩の力が抜け、なにかを得て、なにかを諦めたように思う。

麦茶を飲みながら母の和室でだらだらとテレビを観《み》る間に、かわいそう、と幾千万も呪《のろ》いのように繰り返した言葉が頭をよぎった。老眼鏡をかけ、本のページに目を落とした母の薄い横顔を垣間見《かいまみ》る。浮かんだのは、「かわいそう」ではなかった。夢で見た雪ちゃんと同じく、母もまた、ただの一本の木のように見えた。好きでも、嫌いでも、味方でも敵でもなかった。やっぱりそこにあるのは居間でイチゴを食べたときに感じたのと同じ、柔らかい隔絶だった。

母がもう少し優しかったら、私はくぼまずに済んだのだろうか。一度でも私の好む洋服を「いいわね」と言ってくれたら、「みっともない」と蔑《さげす》まなければ、そうしたら。

すぐに「無理だ」と胸が緑がかった暗色で塗り潰《つぶ》される。どんな理由であれ、あの頃の母はああして私を縛り、服従させながらでなければ生きられなかったのだ。いつも冷えて痛むみぞおちの辺りをそっと撫《な》でる。もうくぼんだ。くぼんでいる。取り返せるかはわからない。けれど、私は、卵焼きを上手に作れる。水屋の使い方も、訪問時のマナーも知っている。明日も起きて、ゴミを出したり、自転車を漕《こ》いで出勤したりして暮らしていく力を、持っている。この人から、与えられた。

玄関の扉が開く音がした。「おかーさーん、もどりましたー」と柔らかい声が廊下に響く。ふすまを開いてそちらを見ると、ぱんぱんに中身のつまったクリーニング袋と大根のはみでたスーパーの袋と畳みかけのベビーカーの持ち手と、むずかって抱っこをせがむ彰人で腕をいっぱいにした雪ちゃんが帰ってきたところだった。おかえり、と出迎えに行くと、雪ちゃんは唇を「あ」の形にして立ち尽くした。水っぽい表情でなにかを言いかけ、けど「彰人なんともなかった?」と私に続いて顔を出した母に気づいてか、すぐに口角を持ち上げる。梨枝、ひさしぶり、と朗らかに言って母へ顔を向けた。

「お母さん、やっぱり彰人、お腹《なか》があまり強くないみたいで。離乳食はもっと繊維質を増やして、まだしばらくはお粥《かゆ》状のものを続けた方が良いそうです」

「あら、ヨーグルトなんかも良いかしら。やっぱりそういうのって遺伝するのね」

便秘気味なの、と雪ちゃんは私と目を合わせ、苦笑まじりに彰人の大きな尻《しり》をぽんと叩く。私はそれより、母のこの無造作な言葉は雪ちゃんにとって棘《とげ》にならないのか、と驚いて二人の顔を見比べた。雪ちゃんも母も、特に気にした様子はない。こっちで寝かせとくわよ、と母は彰人を抱き取って和室へ連れて行き、雪ちゃんもにこやかな表情を変えないまま買ってきた食材を冷蔵庫に詰め始めた。ビニール袋から取り出される、葱《ねぎ》、大根、艶々《つやつや》と光るイワシ。

「前までは病院に行ってもにこにこしてお医者さんに愛想ふりまいてたのに、最近じゃ知らない人とすれ違うだけで泣くのよ。ベビーカーの意味ないわあ」

気だるげに静脈の浮いた首筋を押さえた、雪ちゃんの爪が西日に光る。色のない爪。言葉少なに、三十三歳の幼なじみは夕飯の下ごしらえを始めた。里芋を剝《む》き、厚揚げと椎茸《しいたけ》と一緒に煮込んでいく。刻んだ茄子《なす》を塩で揉む。スーパーで配られていたらしい紙のレシピを見ながらぎこちない手つきでイワシをさばき、醬油《しょうゆ》と砂糖で甘辛く味をつけていく。魚の臓物の臭《にお》いが残り、雪ちゃんは換気扇の紐《ひも》を引いた。私は椅子に腰かけ、テーブルを挟んだ細い背中が左右に動くのを見ていた。料理に詳しくないので彼女の料理がなぜおいしくないのか、手順を見るだけではわからなかった。

下ごしらえを終えて洗濯物を畳み、一息ついていると兄が帰ってきて夕飯になった。煮物の厚揚げが妙に生臭く、茄子のお新香は舌が痛くなるほど塩辛い。イワシの蒲焼《かばや》きは身がばらばらに崩れていたものの、辛うじて味は悪くなかった。レシピがあるのが良かったのだろう。雪ちゃんは自分の食事もそこそこに彰人の口へジャガイモを牛乳で伸ばした離乳食を運んでいる。彰人はむずかってすぐに手足を振り回し、口の端からペーストを垂らした。帰った時から疲れた顔をしていた兄は、泣き声が辛《つら》かったのか眉をひそめ、「後で食わせろよ」と不機嫌に促した。

兄がテーブルを立ち、母が彰人の風呂《ふろ》を引き受け、まるで食べられなかった雪ちゃんは大量に残された塩漬け茄子をもくもくと口へ運ぶ。私は汚れた皿を流しへ運んだ。

「お皿洗う」

「いい、いいよ。あとでゆっくり洗うから」

「ううん。代わりにさ、私が帰るとき、また一緒に散歩に付き合って欲しいの」

雪ちゃんはそう、と子供じみた顔で頷き、また静かに茄子を噛んだ。

何度目か知れない夜の道を並んで歩く。私は自転車を引き、雪ちゃんは自分のオレンジ色のサンダルの爪先ばかりを見つめていた。

「母さん、宗教にはまっててびっくりした」

「日曜日には礼拝にも行ってるよ」

「ええ、うそ!」

「ほんとほんと」

「やだなあ、なんかこわい」

雪ちゃんは薄闇《うすやみ》の向こうで綿毛を転がすように軽く笑う。

「梨枝はそういうものがこわいのね」

「雪ちゃんはそういうのに向かう気持ちわかる？」

「私はー……いや、あまり好きじゃない。昔ね、小学生の頃かな？　学校のバザーかなにかで神父さんと話したことがあったのね。ちょうどアトピーが一番ひどい時で、顔も手も足も、皮膚の薄いところはぜんぶ真っ赤で、クラスメイトには気持ち悪がられるし最低な時期だった。その時、介護施設か何かのクッキーを出店してた神父さんに『あなたの病は、あなたがそれを乗り越える力を持っているからこそ神が与えた試練です。誇りなさい』とかなんとか言われたの。もうね、ふざけんじゃねえよ、そんな簡単に説明した気になってんじゃねえよって、殴りかかりたくなって。それ以来、私は宗教はぜんぶきらい」

「きらいでも、身内がそれにはまるのは嫌じゃないの？」

「いいのよ、そんなの。紀子さんが満足して、楽になるなら、なんでもいいの」

いつものコンビニの前で立ち止まる。私は今さら、雪ちゃんが母の前では彼女を「お母さん」と呼び、私と二人きりになると「紀子さん」と呼んでいることに気づいた。じゃあね、と揺らされかけた雪ちゃんの右手をつかみ、握る。

「電話、出なくて、ごめん」

雪ちゃんはゆっくりとまばたきをした。私の手をにぎにぎと遊ぶように握り返し、穏やかに笑う。期待のない、静かな目だった。

「いいのよ、忙しかったんでしょう。私こそ、何度もかけて悪かったわ」

「雪ちゃん私、付き合ってる人とうまくいかなくて、それで、……電話、出なかった。八つ当たりしたの。ごめんなさい」

「梨枝、付き合ってる人いたの」

「うん」

「いつもそうよね、梨枝は自分に起きた嬉しいことは、あんまり私に話してくれない。マラソン大会で入賞したとか、合唱部でソロパートがもらえたとか。聞くのはぜんぶ、紀子さんからだった」

耳が熱くなる。私は妙な顔をしているだろう。言えなかった。雪ちゃんは私にとって親しい姉であると同時に、心のどこかでいつだってかわいそうな人だったから、体の弱い彼女に自分の体の丈夫さを誇るようなことは言えなかった。私だって運動が得意なわけじゃないよ、雪ちゃんと同じだよ、喉が丈夫だって歌は下手だし。そんなうす暗い言葉を呟く習慣がいつのまにか染《し》みついていた。苦笑まじりに眉を下げ、雪ちゃんはつないだままの手をぶらりと垂らす。

「いつも、少しだけ、さみしかった」

「ごめんなさい」

「謝らないで。それに、自分が辛いとき、他人に構ってられないのなんて当たり前でしょう。怒ってないよ」

「でも、雪ちゃんはいつも優しかった。なんにもわかってない小さな私を、いじめなかった」

それがすごいことだと、長い間わからなかった。

「雪ちゃんみたいになりたい」

雪ちゃんはもう笑っていなかった。静かな、今までに見たことがないほど静かで動きのない、深夜に一人で鏡を覗くときみたいな顔をしていた。

「そう思うのは、梨枝が、私みたいになればきっと今より楽になるって、夢を見てるからだよ。神さまがいないのは、そんなに、思うほど、いいもんじゃないよ」

「神さま？」

それは、さきほどの「宗教がきらい」とはまた違ったニュアンスに聞こえた。雪ちゃんはふと口をつぐみ、「ちょっとここで待ってて」と言って私の手をほどいた。皓々《こうこう》と輝くコンビニへ入り、緑色のカゴを手に棚の間を往復する。ずいぶんたくさん、細かなものを買っているように見える。店を出てきた彼女は、まるまると太ったビニール袋を私の手へ押しつけた。中には大量の菓子が入っていた。

「聞いて」

「はい」

「やっと、死んだの。あの女」

唇をぶるぶると痙攣《けいれん》させ、雪ちゃんはふいに色白の顔を歪《ゆが》めた。

「頭がおかしくなりそうな病院の臭いも、治療が泣けるぐらい痛いことも、なんで自分だけがこんな目にあうのかって最悪の気分も、悪寒《おかん》も、さびしさも、分けあえる日なんてこないことも、知ってる。それに、私は触れたことがある」

細い首を花の茎のように震わせ、吐くように泣き始める。私は月明かりに凍えた義姉の首筋へ腕を回した。暗いたて穴、花に埋もれた生臭い部屋、たった一人の海の果て。なんでもいい、そういう恐ろしい場所にうずくまる彼女へ届くように、届くようにと呼びかける。

「雪ちゃんは、優しい」

「立派に死んでいった女を力いっぱい抱きしめてやりたい」

「いつだって一人で、我慢して、誰のことも恨まないでやってきた」

背中を嗚咽《おえつ》で揺らしながら、髪が跳ねるほど強く、雪ちゃんは首を振った。

「やっと死んでくれたの！　やっと、やっと！」

彼女の肩ごしに浮かぶ白い月を見上げる。神さまは、いるんだろうか。体の外でびかびかと太陽のように光る、折れかけた樹木の添え木となるもの。雪ちゃんにとっては、いないのだという。とがった肩胛骨《けんこうこつ》をてのひらでくるみ、嗚咽を埋めるようゆっくりと撫でる。

「自慢のお姉さん。世界中に言いふらして回りたいくらい」

菓子の袋が足元へ落ちた。どちらのものなのかわからない心臓が体の合わせ目で鳴っている。したたり落ちた涙で首筋が濡《ぬ》れる。

アパートに帰って、三葉くんに「話がしたいの」とメールを送った。

返事は返ってこなかった。

11

薬物乱用頭痛についてもっと知りたいんです、とはじめに告げた時、薬剤師の中島さんはじっと探るような目で私を見た。私が銭湯で聞いたバファリン女の病歴に耳を傾け、おもむろに口を開く。

「店長は、あのお客さんがかわいそうだから手を出したいのかしら。病気って、そりゃあ治療行為を行うのは医者だし、薬を調剤するのは薬剤師だけど、結局は自分で治すものなのよ。病識を持って、治療を受けて、時にはその病が与える以上の苦痛や不自由に耐える。治る過程っていうのは、誤解してる人が多いけど基本的には痛いし、しんどいの。私には、あのヒステリックなお客さんにそれがわかるとは思えない。最悪の場合、逆ギレされて、あることないこと尾ひれをつけて本社にクレーム入れられるかも」

鳴り響く電話と、地域マネージャーの怒鳴り顔、年度末の評価シート。ざっと脳裏をよぎったそれらの景色を、息を止めて小石みたいにごくりと飲み下す。

「あの人になにかしようって思うのは、かわいそうだからとかではなく、悔いを残したくないっていう私の願望を満たすためです」

「なにかしたって、理解されるとは限らないし、拒まれて終わるだけかもしれない。残念だけど、ドラッグストアよりも患者さんとの距離が近い分、病院に勤めていた頃にはそんなケースをたくさん見たわ」

　醒《さ》めた声が、試すように重ねられる。私は頷いた。

「はい。それはそれで、仕方がないです。……あのお客さんに、なんらかの期待をしているわけではないんです。うまくいかなくても仕方ないし、うまくいったら私が嬉《うれ》しい。ただ、なにかすればよかった、って後に思うのがいやなんです。それだけです」

　中島さんは静かに私を見つめ、ふっと小じわのよった口角を崩した。じゃあ、出来るだけやってみましょうか、と膝を押さえて立ち上がる。

「お礼はガストのパフェで良いわよ」

「もう、なんでも頼んで下さい。メニューの端から端まで」

　それから二週間かけて、私は仕事の合間に薬物乱用頭痛に関する情報を集めていった。中島さんから現役時代に一緒に働いていたという頭痛外来のドクターを紹介して貰《もら》い、具体的な治療の手順について質問する。さらには今まで使ったことのなかったインターネット上の医療従事者のコミュニティサイトにアクセスして、実際の事例を引っ張り出した。

そもそもこの頭痛に陥る人々は、なぜ薬物を規定量を超えて服用する癖が付いてしまうのか。バファリン女もそうだったが、薬物乱用頭痛を発症するのは、もともとなんらかの頭痛、特に片頭痛や緊張型頭痛を患《わずら》っていた人に多い。激しい痛みから逃れようと規定量以上に薬を服用したり、あるいは「まだ痛くないけど、今日は忙しいから事前に飲んでおこう」と予防的に薬を服用する習慣が出来たりすることで、いつのまにか、知らず知らずのうちに服用量が増えていく。そうするうちに薬の過剰摂取によって脳が過敏になり、本来なら認識しないような小さな痛みも「頭痛」として感じるようになってしまう。すると、薬が効いている間はいいものの、薬が切れるとより強い頭痛を感じるようになり、また薬を飲む、という悪循環が始まる。

まず治療の基本となるのは原因薬物を断つこと。続いて薬を断つことで生じるリバウンド頭痛への対処。治療を続けるうちにもともと患っていた頭痛の症状が出てくるので、バファリン女の場合は更にそこから片頭痛の治療が始まる。断薬の辛さは患者によって人それぞれで、頭が痛くてひたすら吐いていたという人もいれば、ほとんど辛さを感じなかったという人もいる。『場合によっては短期入院を勧めたり、脳の過敏性を低下させる薬や不安を和らげる薬を処方したり、メンタルケアを合わせて行うこともあります』とドクターからのメールには綴《つづ》られていた。

本当は、バファリン女が二年前に出会った医者があともう一歩、踏み込んだ治療をしてくれたら彼女の苦しみはこれほど長引かずに済んだのかもしれない。「本当は」。習慣のように浮かんだ思考に、舌の裏が苦くなる。私は、この世にないものを欲しがってばかりだ。

ドクターのメールやプリントアウトした資料を持ち帰り、用意したルーズリーフに青いボールペンで集めた内容を書き込んでいく。原因、治療法、経緯、体験談、頭痛外来を設置している近隣病院の電話番号、頭痛を軽減する食習慣、運動療法。書きながら、ラブレターのようだと思う。みちみちと熱っぽく、奇妙な執着が込められている。誰に対してのラブレターだろう。親切にしてくれたバファリン女か。それとも、「こんなに親切で優しい私」へ宛《あ》てたものか。

三枚に及んだレポートの最後の一字を書き終え、ペンを置く。

私はもしかしたら、暗い花のはびこる一人の部屋にいつか誰かが来てくれる、他の部屋と繋《つな》がる瞬間がきっとある、とまだ信じていたいのかもしれない。それを信じられなくなったら、生きていくのもこわい。こわい、とはなんなのだろう。私はまだ、うす甘い夢を見ているのだろうか。雪ちゃんの言う「神さま」を信じているのだろうか。

びっしりと書き込まれたルーズリーフは青い幅広のリボンのようだ。雪ちゃんが集めた満足の星に似ている。バファリン女も、ただの店員と客の関係なのに、こんなものを渡されたら気持ちが悪いのではないだろうか。

けど、これ以外のやり方が思いつかない。洗練とはほど遠く、とはいえ、不慣れからくる醜さを恐れていたらなにもできない。うどんを見ると辛い思い出が蘇《よみがえ》る。こんな簡単なことすら、三葉くんにうまく伝えられなかった。「うまく」、「もっと」、「本当は」。

サイレントにしてあった携帯がまたたく。画面を開くと、三葉くんから「明日の昼、河川敷に来て下さい」と短いメールが届いていた。

翌日、約束した時間に赴くと三葉くんは飾り気のないリクルートスーツを着ていた。町でよく見かける、カラスの群れに似た無個性な就活生達の一羽。はぐれガラスが黒い目で私を見返す。三葉くんの目は、最後に会ったときほどは暗くなかった。けどどこか幼くぼうっとした、輪郭の定まらない顔をしていた。足元には固そうなビジネスバッグと大きめの白い紙袋が置かれ、そばで、直径五十センチほどの焚《た》き火缶がもくもくと薄い煙を上げている。

向かい合ってしばらく沈黙し、「燃やすから」と彼が小さな声で言った。

「俺のこと、気持ち悪いって言わないで」

ぽかんと見つめる私の前で、紙袋からトウシューズを修繕する少女の絵が取り出された。三葉くんは画布をこちらへ向けて膝をたわめ、後ろの木枠に押し当てて力をかける。カンバスのふちを握る指が白く染まった。

「ほんとは、燃やしてから言った方が良かったのかも知れないけど、別の絵を燃やしてごまかしたって思われるかもって……思って」

彼がこんな風にもたついたことを口にするのは珍しい。遠い景色のように眺めるうちに、乾いた音を立てて木枠が割れた。突き出した木片が画布を押し上げる。トウシューズを持つ少女が苦しげに歪む。三葉くんは表情を変えずに折り畳んだ絵を焚き火缶の口へ放った。燃える。油彩だからさぞ綺麗《きれい》に燃えるだろう。そう思った瞬間、がくんと膝が砕けた。つんのめるように駆け出して、木枠に爪《つめ》を食い込ませながら缶から引き抜き、画布の端を舐《な》める炎を地面に押しつけて潰す。いつのまにか、折れた絵を持つ腕にびっしりと鳥肌が立っていた。画布を覗《のぞ》くと、端の方は焼かれたけれど、へしゃげた少女はまだ無事だった。

「燃やしたら、だめ」

だめだ。この絵は、私にとってこの世で一番おぞましいものだけれど、燃やしてはだめなものだ。あぶなかった。がくがくと震える腕を伸ばし、絵を三葉くんの胸へ返す。

「燃やさないで、大事にして。そんな簡単に捨てたらだめ」

「……簡単に、決めたわけじゃ、ないです」

「うん、そうだよね……ごめんなさい」

焦げた絵を手に途方に暮れる三葉くんへ、口を開いた。

「お姉さんが、大事にされてて、うらやましくなったの。本当は、三葉くんは私のことなにも見てなくて、お姉さんの代わりなのかも知れないって、思って、それで、そんな風に思うのは、私がダメなせいなのに、おしつけて」

舌がもつれ、口が濁《にご》る。ダメなせい、は少し言葉が濡れすぎだ。わざと濡らしたのかもしれない。ああ、私はまだ、みっともないのは嫌だと思っている。出来るだけ取り繕った小綺麗なかたちで、なんとかみじめさを負わずに逃げ切りたいと思っている。しゃべることは、細い糸の上を渡ることに似ている。かすかな体重の偏《かたよ》りで「私が悪かったから、悪いところを直すから、これからも一緒にいてね」にも、「私だってこんなひどい気分だったんだよ、つぐなってよ」にもなる。極端へ落ちるのは簡単だ。落ちた瞬間、その不確かでぶざまな言葉が三葉くんに届く私の「本当」になってしまう。

息を吸って、ゆっくりと吐いた。知らない間に握り込んでいた指の力をゆるめる。温度の低い空気が流れ込み、汗ばんだ手のひらがわずかに冷えた。

「あの時、私はお姉さんとぜんぜん違うよって、それだけ言えたらよかった。三葉くんがお姉さんのことを好きでも、それは、私には辛いことでも、ぜったいに気持ち悪いことじゃない、から……燃やさ、ないで、ほしい」

糸は、渡り切れただろうか。三葉くんはなんだか見たことのないものを見るような、少しぽかんとした顔で私を見ている。頰が、やっぱりすべすべだ。あどけない。リクルートスーツだからなおさらそう見えるのだろう。けど、やっぱり目の光り方や頰の動かし方に、年頃に似合わない諦観《ていかん》やしたたかさがあった。それは、彼の自立や精神の強さを示すものだとずっと思っていた。

たぶん、違う。おそらく、この子の目を光らせているのは、なんらかの飢えに似たものだった。私が感じたことのない、なかなかわかってあげられない飢え。欠落は光る。割れたグラスの断面が光るのとおんなじだ。ずっと気づかなかったし、気づく必要もなかった。だって、三葉くんはすごい、三葉くんはしっかりしてる、私とはちがう、とシンバルを持ったおもちゃの猿みたいに手を叩いているのは楽ちんだった。

ぱちっと足元の焚き火が鋭い音を立てる。三葉くんの肩がちいさく跳ねた。

「梨枝さんと姉貴は違うって、ちゃんと、わかってます。はじめは、もしかしたらわかってなかったのかもしれないけど、今は、はっきりわかる」

「そう……なの？」

「俺、その」

おれ、と三葉くんはなんどか言いにくそうに繰り返した。

「俺、絵は、本当は、姉に恨まれてるんじゃないかって、その、違う、もしかしたら俺が、全部やめても姉ちゃんのままだよって、言わなきゃいけなかったんじゃないかって、そうしたら、もっと、まともな」

うまく、わかるように言わなくてはという呼吸が辛く、中指と人差し指を彼の唇へ乗せた。

「むりやり言うと、こんがらがって他のものになっちゃうから、言わなくていいよ」

指の下で、温かいものが動く。一度閉じて、また開かれた。

「梨枝さんが好きです。一緒にいたい」

「うん」

「なにも買ってくれなくていいから、俺、ちゃんとするから。また、正月、こたつ、一緒に入って、寝たい」

　年越しの夜、三葉くんの眠る場所に積もっていたさざんかの緋色《ひいろ》が、ざあっとまぶたの裏を洗う。腐敗の匂《にお》いがこみあげる。

　わからないということ。例えば、誰かと安らかに年越しをする、そんな、私でなくとも満たせるわかりやすい飢餓が埋められたら、大人になったら、この子は私がいらなくなるかもしれないということ。わからない。星のように散らばる無数の暗渠《あんきょ》を、これからも繰り返し見つめることになるのだろう。でも、それでも。

「ちゃんとしなくていい。また一緒にこたつ入ろう。紅白も観ようね」

　指を絡《から》めながら約束すると、目の前にいる一人の痩《や》せた男の子が、眉を下げて、ゆっくりと笑った。

火の始末をして河川敷を後にした。その焚き火缶どうしたの？　と聞くと、通販で買ったのだという。川の水ですすいだ銀色のアルミ缶をぶらさげて、三葉くんは半歩先をゆらゆらと腰の定まらない様子で歩く。

「姉ちゃん、秋にバレエ団をやめるらしいです。母から連絡がありました。やめて、付き合ってる恋人とそのままドイツで暮らすことにしたって」

「病気はよくなったの？」

「まだ気圧が下がると聞こえにくいらしいけど、だいぶマシになったみたい。なんか、バイトも探してるそうです」

「よかった。――お姉さんに、会いたい？」

三葉くんは薄曇りの空へ目線を持ち上げ、数秒考えてから首を振った。

「今、会うと、言って楽になりたいってだけで余計なこと言っちゃいそうだから。もう少し落ちついてから、メールを書きます」

穏やかにゆっくりと言う横顔が涼しかった。そうだね、それがいいかもね、と頷《うなず》き、私はそばで揺れる薄い手を握った。三葉くんはくすぐったそうに笑って肩を揺らす。

「梨枝さんがこわがりながら悩んでんの見て、俺もそうしようって、思ったの」

「そうなの？」

「そうだよ」

「三葉くん、いつだって私より賢かったよ」

「もう、やめましょうよ。そういうの」

就活の成果を聞いたところ、驚いたことに既に中堅の不動産会社一社から内定を貰ったらしい。

「そこに決めるの？」

「まだ決めてない」

「そっか」

「今まで俺、とにかく食うのに困んなくて実家から遠ざかれるとこならなんでもいいって思ってて。……まあ、たぶん、反動とか、逆恨みとかもあって、芸術とかそっち系はだいっきらいだったんだけど」

三葉くんは手に下げた白い紙袋を軽く持ち上げる。中には、折りたたまれた少女の絵が納められている。

「これ、描いたのは俺のことなんかぜんぜん知らないオッサンなのに、部屋に置いてじっと見てると、色んなことが頭に浮かんで止まらなくなった。このたった一枚の絵でも、俺みたいにどっぷりのめり込むやつが、きっと世界中のあちこちにいるんだ。

それぞればらばらなことを連想しながら、大事にしたり、嫌ったり。そういうのってすごいなって今さら思って……迷ってます」

「絵の流通の仕事とか?」

「絵に限らず、美術品ならなんでもいいかな。ただ、何社かそういう会社を調べてみたんですけど、今年の募集はもうあらかた終わってるんです」

「迷うとこだね」

「ええ。でも、今まであんまり迷うことってなかったから。迷うの少し、楽しいです」

国道に面した分岐路での別れ際《ぎわ》、「こんど、餃子《ギョーザ》の作り方を教えてくれる?」と薄い背中へ呼びかけた。三葉くんは足を止め、どういう風の吹き回しですか、とおかしそうに頷いた。

今日は一度アパートに帰ってから食品メーカーの面接を受けに行くらしい。手を振って見送り、私は職場へ足を向けた。今日はシフト上は夜勤だけど、本来より三時間早く出勤する。パートさんが一人、旦那《だんな》さんの急な転勤で慌《あわ》ただしく退職することになり、その穴埋めが間に合わなかった。また新しいスタッフを採用しなければならない。相変わらず夜勤に入れる人が少ないので、いいかげん使用料が高くて渋っていたフリーター専用の求人サイトにも募集を出してみようか。

紫外線対策と熱中症対策の売り場を立ち上げ、月末の監査項目を確認しているうちにあっという間に時間は過ぎた。夜勤以外のスタッフを帰し、店には私と、三葉くんとよく似たシフトで入ってもらっているアルバイトの宮崎さんが残った。宮崎さんは三十代半ばの男性で、本業はウェブデザイナーをしている。無口な人で、あまり他のスタッフとは交わらないけれど、力仕事でもなんでも黙々とこなしてくれるのでありがたい。

繁華街からの酔客がはけた午前零時、バファリン女が来店した。ここのところ私のシフトと噛《か》み合わなかったのか、彼女の顔を見るのは銭湯で助けてもらって以来ひと月ぶりだ。高いヒールをカツカツと鳴らし、肌荒れ予防のビタミン剤とレモンドリンクと生理用品と洗顔料と、やっぱりバファリンを一箱カゴへすべり込ませる。美容コーナーの品出しをしていた私に気づき、足を止めた。

「元気そうでよかった」

「おかげさまで。その節はありがとうございました」

「なにもしてないわ、ご近所さんだもの。湯あたり、気をつけてね。番台のおばあさんが言ってたけど、ミントの日はあなたみたいにのぼせちゃう人が多いんだって」

女は秘密を打ち明け合ったことで、私になんらかの親近感を抱いてくれたようだった。会話の切れ目を待ってレジへ向かい、宮崎さんに「知り合いだから」と声をかけてレジを交代してもらう。カゴへ、さらに苺《いちご》ジャムパンとリップクリームを足したバファリン女は軽い足取りでレジに来た。しっとりと光るコーラルピンクの唇が微笑《ほほえ》み、猫がじゃれかかるような軽口を叩《たた》かれる。

「常連なんだからおまけしてよ」

「すみません今なにもやってないんですよ。もう少ししたらキャンペーンはじまるんで、クーポン券、ちょっと多めにサービスしますね」

カゴの隅に、バファリンの藍色《あいいろ》の箱が見える。はじめから見えていた。けど、バファリン女とこんな風にしゃべるのが楽しくて、嬉しくて、つい苺ジャムパンの方を先に手に取ってしまう。ぴっ、百三十円、ぴっ、九十八円。ああでもだめだ、もう、気づいていなければおかしい。バファリン女は素知らぬ顔でレジ横のガムを眺めている。

私はバーコードリーダーを置いた。

「これは、お売りできません。病院、ほんとは行ってなかったんですよね」

もっと丁寧に言うはずだったのに、口から飛び出したのはものすごく端的な言葉だった。そんなつもりはないのに冷たく響く。カゴから藍色の箱を取りだし、他の商品から遠ざける。バファリン女の頬から朗らかさがすうっと消えた。

「わかってくれると思ったのに」

シャーベットブルーの下地にラインストーンが星のように散らされた女の爪が、かつん、と強めにレジ台を叩く。

「同じ年頃で、同じように真夜中に働いてて、きっと、一人暮らしで、辛い時期も知ってて、だから、あなたは、わかってくれると思ったのに」

「わかりません、ごめんなさい。……わからなくて、ぜんぜん別のことを考えるから、こんな風にお話しする意味があるんだと……思います」

知らず知らずのうちに声が小さくなる。好かれたい相手に、睨《にら》まれている。たったそれだけのことに鼓動が速まり、呼吸は浅く、視界が狭まっていく。母と喧嘩《けんか》をするのが辛かった。それは、母に好かれたかったからだ。好かれなければ生きていけないと思っていた。みっともない、が頭をちらつく。みっともない、もっとうまくやれよ、何年やってると思ってるんだ、受診勧奨もまともに出来ないのか。そっと呼吸を深くしてバインダーから用意していた三枚のルーズリーフを取りだすと、バファリン女はわずかに目を見開いた。私の手からは受け取らないまま、書き込まれた青字をざっと眺めて「こんなのぜんぶ知ってるわ」と苦々しく呟《つぶや》く。

「なんなの、気持ち悪い」

「内容をご存じなら、適切な治療を受けて下さい」

「私にとって適切とか、適切じゃないとか、決めるの？　あんたが？　同じ病気になったこともないのに？」

「評判のいい頭痛外来もいくつか調べておきました。希望があれば短期入院できるところもあります」

「入院する暇なんて無いわよ。何回も言わせないで」

「いつもお会いするご近所さんが、いつも辛そうって、イヤなんです」

すとんと口からすべり出た言葉に驚く。そうだ、イヤだと言っていいんだ。イヤだからなにかする、なにかしたい、に繋がるのだ。バファリン女はしかめ面のままぎゅっと唇を噛んだ。なぜだか少し傷ついた風にも見えた。そんなに噛みしめたら、せっかくきれいに塗ったコーラルピンクが歯に付いてしまう。

しばらく黙りこみ、彼女はがさついた声で呟いた。

「面倒で暗い客は目障《めざわ》りってことね。……こんな店、二度と来ないわ」

商品をすべて置いたまま、バファリン女はくるりと踵《きびす》を返して歩き出した。通勤鞄《かばん》を握る指先が白い。サキさん、と呼びかけるも彼女は振り向かず、香水の香りだけ残して店を出ていった。

　私そんなこと言ってない、と叫び出したいような気分で暗闇に消えていく背中を見つめる。

「ああ、なんか怒っちゃいましたね、今のお客さん」

　様子を見ていた宮崎さんが近寄ってきて、「棚に戻しちゃいますね」とレジ台に散らばった商品をカゴに集めてくれた。私はうなずき、手に残ったルーズリーフに目を落とした。

「言い方、失敗しました」

「そういうこともありますよ。なにか変な地雷でも踏んだんじゃないですか」

「私、かっこわるいですね」

　つい、甘えて聞いてしまう。宮崎さんは手を止め、にこりともせずに答えた。

「店長は、電車でお年寄りに席をゆずるタイミングで困るタイプでしょう。俺はね、そういうややこしいこと考えるのイヤだから、はじめっから立ってるんです。どんなに席が空いてても、絶対に座らない。でも世の中がそういう人間ばっかになったら、誰もお互いにしゃべんなくて、野垂れ死にも増えて、たぶんうまく行かないんだと思いますよ」

こちらの顔をあまり見ないまま、ルーズリーフを指した宮崎さんは「せっかく準備したのに残念でしたね」と言って品出しに戻っていった。

「……残念、でした」

ルーズリーフを四つに折ってスラックスのポケットへ押しこみ、私も売り場の修整に戻った。

ふと、宮崎さんが、私の中の出来事の位置づけを「失敗」から「残念」に変えてくれたのだと、化粧水のボトルを並べ直す瞬間に遅れて気づいた。

朝、早番のスタッフに引き継ぎを済ませてアパートへ帰り、シャワーを浴びて、ビールのプルタブを起こしてから四つ折りの紙を取りだした。

読みやすいよう丁寧に書いた、青いボールペンの字がよれている。一枚目しか読んでもらえなかった。二枚目も三枚目も読んでもらいたかったな。思い始めると部屋の水気が増して、緋色がざわざわと茂りはじめる。暗い客だなんて一言も言ってないのに、なんであんなひねくれた受け取り方をするの。いやでも、「イヤなんです」はさすがに乱暴だっただろうか。わからない。もしかしてバファリン女は、サキさんは、自分のことを「面倒で暗い客」だと思い続けていたのだろうか。かつて三葉くんは彼女のことを「頭ん中に、自分を責める化け物みたいなもんが出来ちゃってんだと思う」と言った。

ぼうっと眺めているうちに、馬鹿《ばか》みたいに書き込まれたルーズリーフが独り善がりのみっともないものに思えてきた。とっておけばいい。なにも薬物乱用頭痛を患っているのは彼女だけではないのだから、資料として保管しておけば今後の接客に生かせる。わかっているのに、私の指は勝手にルーズリーフを四つ折りにもどした。ゆっくりと、紙の端から裂いていく。青い文字、丹精を込めた文字が散り散りに千切れていくうちに肌がピリピリとうずき始める。千切っているのか、それとも私が千切られているのか、わからなくなる。冷蔵庫で傷《いた》ませた高価な食材をゴミ箱に流し込む瞬間と同じ昂揚《こうよう》。最後に紙くずの山になったルーズリーフをぐしゃりと握り、ざまあみろ、と呟いた。帳尻《ちょうじり》が合う。痛められた、痛めた、という行為のバランスがとれてほっとする。

ふいに、真冬の水を流し込まれたように胸が冷えた。いま私は、いったいなにを裂いたのだろう。目の前には繊維の浮いたルーズリーフの欠片《かけら》が惨殺《ざんさつ》された生き物みたいに散らばっている。

もう、しない。これは、だめなことだ。

白い残骸《ざんがい》を拾い集め、ふと目についた携帯を手に取った。アドレス帳を開き、「三葉陽平」の電話番号を画面に表示する。頭の中で、凜《りん》と「みっともない」が鳴る。八歳も年下に、部下に、みっともない、仕事の愚痴なんて社会人として恥ずかしい、あきれられる、みっともない、頭が悪いから失敗する、口には出さなくてもみんなそう思っている、こんなこと打ち明けても向こうが困るだけじゃないか、そんな気遣いも出来ないのか、みっともない、この程度のことみんな我慢してる、みっともない、なんでもっとうまくやれないの、みっともない、みっともない、みっともない、みっともない。震える指で発信ボタンを押した。

三コールで、三葉くんの声が返った。どこか騒がしいところにいるらしい。大学のキャンパスだろうか。そういえば、もうすぐ一限目が始まる時間帯だ。まずい時間にかけてしまった。

『もしもし梨枝さん？』

「三葉くん」

『どしたのー。あ、そういや、夜勤明けだよな。お疲れさんです。なにかあった？誰か休んだから交代？』

「そうじゃないの。ごめん、忙しい時にかけちゃって。またかけ直す」

『いいですよ、まだ時間あるし。切られちゃうと気になる』

「ほんとに、ぜんぜん、たいしたことじゃないの。シフトは関係ないし、夜とかでいいから」

ふっ、と風のぶつかる音がする。電話口の向こうで、三葉くんが笑った。

『あのね、俺のスケジュールがだいじょうぶかどうかは、俺が決めるの。梨枝さんからかけてくるなんて珍しいから、シフトのことじゃないならなおさら、ちょっと授業に遅れてでも、聞きたい』

「……実は今日、お店で、すこし、辛いことがあって」

口にした瞬間、涼気を含んだ細い風がすうっと甘暗い部屋を通り抜けた。


豚ひき肉、にら、白菜、生姜《しょうが》、五十枚入りで一〇五円だった餃子の皮。買ってきた食材を実家の台所のテーブルへ広げる。先日、「餃子はこれを混ぜた方がうまいんですよ」と三葉くんがスーパーで難なく手に取った白っぽいひき肉は、雪ちゃんと二人でいくら熱心に肉売り場を探しても見つからなかった。あれはなんだったんだろう。仕方がないので、普通のピンク色のひき肉を二パック買った。

腕まくりをした雪ちゃんは神妙な顔つきで私が持ってきたルーズリーフを眺めている。餃子の材料、野菜の刻み方、混ぜ方、皮の包み方など、三葉くんが作るのを真横で見ながら取ったメモだ。なんだか最近、学生に戻ったかのようにひたすらメモばかり取っている。

「梨枝。生姜、適量ってあるけど、適量ってどのくらい？」

「好きなだけって言ってた。生姜好きな人は多めって」

「多め……多めね」

今日は「付き合ってる人においしい餃子の作り方教えてもらったんだ」という浮ついた触れ込みで実家を訪れた。「でも一人で作ってもあんまり食べられないし、雪ちゃん一緒に作ろうよ」。雪ちゃんはふっと頬を強張《こわば》らせ、すぐに「餃子かあ、たまにはいいわね」とぎこちなく笑った。母の言う通り、本当に雪ちゃんは料理にまつわる話題になると息苦しそうだった。口角が持ち上がりにくくなる。うまく言えないことは、きっとそういうものなのだ。私にとっての「みっともない」、三葉くんの姉や家族に対する混濁した想《おも》い。兄にも、母にも、バファリン女にもきっとある。

握り拳《こぶし》ほどの根ショウガを半分に割り、その片方をすべてすり下ろそうとする雪ちゃんに「ごめん私辛いの苦手なんだ」と声をかけて、さらに欠片を半分に割ってもらった。三葉くんが使っていたのはこれよりも小さかった気もするが、このくらいなら「多め」の範囲に入るだろう。雪ちゃんは真剣な顔で銀色に光るおろし金へ生姜を擦《こす》りつけていく。さりさりと気持ちの良い音を立てて、水気たっぷりの黄色い繊維が小鉢へ溜《た》まる。

「こんなおろし金あったっけ。切れ味良いねえ」

「啓ちゃんが、誕生日に買ってくれたの」

「兄ちゃんが」

兄は、妻の誕生日にキッチン用品を贈る人だったのか。小動物や観葉植物ならともかく、キッチン用品の店に赴き、ずらりと並んだ小物の中であえておろし金をプレゼントに選ぶ兄の姿はなんだか想像できない。でも、考えてみれば、私は兄のことなんてほとんどなにも知らないのだ。成人するまで、同じ家で過ごして同じものを食べたけど、実際に顔を合わせてなにかを話した時間はきっと彼の人生の一パーセントにも満たない。妙に頭がぼうっとしてしまい、まともな返事が出来ずにいると、雪ちゃんは生姜を擦る手を止めずにぽつりと呟いた。

「いろいろ話し合って、思ったんだけど」

「うん」

「啓ちゃんって、自分を捨てる力を持つものがこわいのかも」

「え?」

「だから、自分に頼るものばかり集めるの。でも、なんでそんな風に思うようになったのか、いくら聞いても、説明されても、あんまりわかってあげられなかった」

さりさりさり。涼しい香りとともに、くすんだ黄色いかたまりが増えていく。小指の先ぐらいまで小さくなった生姜のかけらを流しの三角コーナーへ落とし、雪ちゃんは濡れた指先を布巾《ふきん》でふいた。

「わからないものなのよね、たぶん」

「そうかもしれない」

「でも、啓ちゃんがこわい夢を見ないように、したい。暗い場所から連れ出せないなら、そばで手を握って立っていたい。同じことを、梨枝にも、紀子さんにも、思うよ」

胸の内側で、強い風が吹いた。国道を駆け抜ける不可視の川と、同じ速度で私を運んだ。気がつけば、生姜の匂いが染みた雪ちゃんの指を握りしめていた。喉《のど》が詰まって、なにも言えない。

「私も、思う」

震える声でようやく口にすると、うん、と手をつないだ彼女が小さく頷き、照れくさそうにワンピースの袖《そで》で目尻をぬぐった。

白菜とにらを細かく刻み、豚肉と生姜と合わせてボウルでこねる。台所の戸口では先ほどから彰人を抱っこした母がうろうろしている。居間に行って、玄関のスリッパを片付けてトイレに入ってまた居間に行って、通りがかるたびに心配そうにこちらを覗き込んでくる。一番の難関だろうとは思っていたが、私も雪ちゃんも餃子の縁がうまく閉じられなかった。ひだを作ろうとすると皮が破け、餡《あん》がこぼれ出てしまう。私は三度目のトイレに立とうとしていた母を呼び止めた。

「お母さん、なんかくずれちゃって、餃子の皮が包めないの。教えて」

「エッ」

素《す》っ頓狂《とんきょう》な声を上げた母は地面から数センチ飛び上がり、すぐに台所に入ってきた。私たちの手元を見て、あらあらぼろぼろになっちゃってでもしょうがないわよ慣れないうちはそんなものよ私もそうだったわあと早口でにこやかに言い切る。

「ほら梨枝、あんたは手ぇ洗って、彰人を抱いててちょうだい。はじめはね、ひだなんて無理してつけなくていいの。餡も少なめにして、こうね、とにかく閉じることに専念して。そうそう、雪ちゃんじょーず！　半月形の餃子もおいしいわよ。火加減見るの手伝うから、一緒にパリッと焼きましょうね」

ええと、はい、とくぐもった声でうなずく雪ちゃんの頬に少しずつ赤みが差していく。おそるおそるだった手つきに確信が生まれ、ひだのない半月形の餃子が皿に並んだ。母はそれから、ほとんど雪ちゃんの専属スタッフのようになって餃子の焼き上がりまでそばで手伝い続けた。

その晩の餃子は形こそイレギュラーだったものの、皮がかりっと焼けていて、嚙むと生姜のきいた肉汁があふれ出て、ものすごくおいしかった。なんだこれうまいな、と目を丸くした兄も途切れることなく箸《はし》を伸ばし、五十個の餃子はあっというまに無くなった。

「梨枝、あんた、定期的に夕飯食べに来なさいよ。食生活、心配だわあ。ただし、ちゃんと雪ちゃんのお手伝いしなさいね。次はカレーとかどう？　野菜取れるし」

頰をつやつやと上気させた母が言う。家を出る前とは全く意味合いの変わった誘いに、私はぎこちなく頰を緩めて頷いた。母と兄が食事を終えて食卓を立った後、雪ちゃんは空になった大皿を惚《ほう》けたような顔で眺めていた。

食後、ぱんぱんになったお腹《なか》を押さえて居間で寝転がっていると、兄からお風呂《ふろ》上がりの彰人を渡された。あやして寝かしつけてくれ、と言われたのでしっとりと火照《ほて》った赤ん坊の体を抱き、音の鳴るおもちゃを転がして遊ぶ。そうするうちに、出来たてのホットケーキのような肌に沈み込むようにしてまぶたが落ちた。

腹に温かいものを抱いていたからだろうか。いつもの暗い部屋より、もう一段深い場所へと降りた。あまりに暗くて、目を閉じていても、開いていても、どちらでも変わらないような場所だった。ところどころで影が盛り上がり、甘く饐《す》えたさざんかの匂いを放っている。手を伸ばすと、はらはらと柔らかい花弁の感触が返る。ここが私の底だった。

気がつけば、裸足《はだし》のくるぶしをさらさらとした生温かい水に浸していた。水温は体温に限りなく近く、水と皮膚との境目が溶け去っている。指先を濡らして口に含むと、薄い塩の味がした。誰もここには辿《たど》り着けない。けど、時々細い風が抜ける。くるぶしを包む浅い海は闇《やみ》の彼方《かなた》へと続いている。

遠くで、太鼓の音が聞こえた。どおん、どおん、と優しく鳴った。どおん、と私も目の前の暗闇へ、遠雷へ挑む犬みたいに吠《ほ》え返した。どおん、どおん。振動に、暗い花が震える。揺れる、揺れる。

開いていたはずのまぶたが開く。目の前で、彰人が私があげたヒツジのオルゴールを涎《よだれ》まみれにしていた。黒く濡れたまん丸い瞳《ひとみ》が私を見返す。あれ、と思って体を起こした瞬間、肩からタオルケットがすべり落ちた。そばで新聞を読んでいた兄が呆《あき》れ顔でこちらを向く。

「お前が彰人にあやされてどうする」

「……ですよね」

夢の中身は忘れていた。足が濡れたように温かかった。

「あ、蜘蛛《くも》」

そばでパソコンをつけていた雪ちゃんが小さな声を上げる。ローテーブルの端を、脚の長い、体長が二センチに満たない糸くずみたいな蜘蛛が這《は》っていた。

雪ちゃんは蜘蛛の進路へ人差し指を置いた。蜘蛛が乗り上げたタイミングで手を浮かせ、こぼさないよう指を床と平行にしながらもう一方の手で夜の庭へと続くガラス戸を開く。膝《ひざ》をつき、腕をゆるりと芝生へ垂らして蜘蛛を逃がした。

「なんでも口に入れちゃう王子様がいるからね。もうちに入ってくるんじゃないよ」

こちらへ向けられた彼女の足のうらが、夕方の月のように白かった。

実家を出たのは零時前だった。丸いライトの光を追うようにして、自転車を漕《こ》いでアパートへ帰る。途中の細い川を渡った三叉路《さんさろ》で見覚えのある女が銭湯の方角から歩いてくるのを見つけた。ブレーキを引く。

「サキさん」

女もまた、私に気づいて立ち止まる。化粧気のない白い顔が少しおびえた様子でこちらを見た。薄い毛布を被《かぶ》せたような沈黙。先に口を開いたのは、サキさんだった。

「このあいだの、メモ。……まだ持ってる？」

「もう、捨てちゃいました」

「そう」

美しい顔がわずかに歪《ゆが》む。傷んで、幼くなる。柔らかい桃に爪を食い込ませるような甘美。それを、そうっと遠くへ押しやった。

「書き直します」

サキさんは一度目をつむり、開き、静かな声でありがとう、と言った。互いに携帯をとりだしてメールアドレスを交換する。メモが出来上がったら銭湯で待ち合わせて手渡す約束をした。サキさんは、西山咲子という名前だった。彼女が「梨枝さん」と呼ぶ私の名は、三葉くんのそれよりも少し、丸い。

夏の終わり、三葉くんはうちの店を辞めた。彼は内定を貰っていた不動産会社を断り、サークルの先輩に紹介してもらった百貨店のアートギャラリーでアルバイトを始めた。就職浪人し、来年改めて美術品の流通会社に応募するらしい。木枠から剝《は》がした少女の画布は今も折りたたまれて彼のアパートの押し入れに保管されている。取りだして眺めている形跡に気づいても、私はもう何も言わない。彼も何も言わない。真夜中、痩せた体がべたりとしなだれかかってくる際には、見えない悪夢を埋める心地で小さな頭をくしゃくしゃと撫《な》でた。彼がもう一度眠るまで、撫で続けることを決めた。

「三葉くん、私のどこが好き?」

ある夜中に、疲れていたので布団《ふとん》に大の字になりながら天井へ風船を放すように言った。三葉くんは最近はまっているのだという九かける九のマス目に数字を埋めていくスマホのゲームの手を止め、ビールを一口飲んでからめんどくさそうに顔をしかめた。

「その質問、きりがなくてきらい」

「どれか一個で許したげる」

「じゃあ、足のかたち」

「足、太いよ」

「太いけど、梨枝さんがしょっちゅう気にしてるから、なんとなく見てるうちに親しみが湧《わ》いた」

三葉くんのスマホから、ぴこ、と正しいマス目に数字を埋めたことを示す電子音が響く。ぴこ、ぴこ。

ぴこ、と呟いて私は寝返りを打ち、タオルケットにもぐり込んだ。眠ったふりをしているうちに、頭上から声が降ってくる。

「そういえばさ、俺のあとに来たのどんなやつ？　女？　男？」

タオル地を押しのけて顔を出す。三葉くんはまたゲームに目を戻して、布団に伸ばした足の先をぷらぷらと左右に揺らしていた。

「また若い男の子だよ。小林くんっていう二十一歳のフリーター。高卒で今まで色々やってきたけど、お金貯《た》めて大学行くんだって」

研修を終えたばかりの小林くんのたどたどしいレジ捌《さば》きを思い出す。知らず知らずに眉《まゆ》が寄った。

「蜘蛛とか、すぐに、潰《つぶ》す人」

パン、と鋭いスナップ音にびくりと肩が跳ねる。小林くんがまたか細い命を始末したらしい。彼はレジの中に古いチラシを丸めた虫たたきのハリセンを用意している。ハエも、蚊も、テントウムシも、カナブンも、ゴキブリも、細く整えた眉をぴくりとも動かさずに一瞬で叩き潰す。そばで細かに動くものが極度に嫌いなのだという。頼りになる、と虫嫌いの女性スタッフにはありがたがられているが、私は彼の虫を潰す際のためらいのなさになかなか慣れない。面接で向かい合ったときにも、目の温度の低い人だと思った。くっきりとした三白眼で、口が大きく、迫力のある男前だけど、どことなく爬虫類《はちゅうるい》を連想させる顔立ちをしている。虫の扱い方一つでも、この世には本当に色んな人がいるものだと感嘆する。

「あ、蜘蛛だ。野坂店長、蜘蛛ですよ」

「ああ、潰さないでっ」

私は慌てて日焼け止めの棚から立ち上がり、適当なプリントを一枚手にとってレジへ向かった。ニヤニヤする小林くんのそばで今にも潰されそうな黒い蜘蛛のそばへ紙を敷き、そちらへ乗り移らせる。

「店長、変わってますよね、女の人で蜘蛛が好きって」

「好きってわけじゃないんだけどね。なんか潰すのイヤなんだ」

「ゴキブリやカナブンとどう違うんですか」

「うまく説明できないや」

ちょっと外に逃がしてくるね、と告げてレジを離れた。紙を水平に保ち、惑う蜘蛛を落とさないように気をつけて進む。深夜の駐車場には昼間の熱が残っていた。濡れたように黒いアスファルトへしゃがみ、紙に乗せた蜘蛛を地面へ下ろした。

柳原さん、と緩慢に八つの脚をうごめかせる蜘蛛の動きを追いながら呼びかける。生温かい排ガスをまき散らしながら様々な企業ロゴをつけたトラックが目の前を通過する。パン、引っ越し、石油、コンビニ、牛乳。銀色の車体を光らせて、まばたきをする間に遠ざかる。

あなたの無事を願っています、と無数のテールランプへ祈った。

漆黒の蜘蛛を見失った瞬間、遠くでなにかが聞こえた気がした。顔を上げる。トラックが疾走する夜の彼方で、雨を連れてくる遠雷が一つ、どおんと大気を震わせた。

解説

山本文緒

この小説のタイトルを初めて目にした時は少々驚いた。

蜘蛛《くも》という単語の持つインパクトは良くも悪くもすごい。一度目にしたら忘れないけれど、この小説は(大雑把に括《くく》れば)恋愛小説なのに思い切ってつけたなと思った。蜘蛛が出てくる話というだけで敬遠してしまう女性も結構いるかもしれない。

本作は彩瀬まるさんの実質的なデビュー作である。小説の世界への第一歩目のタイトルなのだからきっと何かしらの確固たる意思をもって、人によってはぎょっとする言葉を看板に据えたのだろう。

物語は本当に蜘蛛を捕まえてどうするかという場面から始まる。

真夜中のドラッグストアで、歳若《としわか》き店長と中年の従業員男性が親指の爪《つめ》ほどの体軀《たいく》をもつ黒い蜘蛛を発見する。男性は困惑し、女性店長は彼の様子に呆《あき》れつつティッシュで蜘蛛を捕まえて店の外へ放ちにゆく。

物語の主人公はこの女性店長である。二十四時間営業のドラッグストアの店長で、二十八歳の野坂梨枝《のさかりえ》。両親は彼女が幼い頃に離婚をしたため、母親と二人暮らしである。六歳上の兄がいるが結婚して家を出ている。

梨枝の日常はぱっとしない。夜勤を終えて家に戻ると、母親が作った朝食がテーブルに置いてある。焼き魚、ほうれん草のおひたし、ポテトサラダ、お味噌汁《みそしる》。体に良さそうなそのメニューを梨枝はどこか虚《うつ》ろな感じで口にする。読み進めていくと、この母親が娘に対してだいぶ厳しいことがわかる。愛情がないわけではなくむしろ愛情過多なのかもしれない。単純に悪い人ではない。娘に「ちゃんとしたもの」を食べさせ、娘が外で「みっともない」と思われないように教育を施している。梨枝はそんな母に反発を覚えながらも表立って反抗はしない。何故《なぜ》ならば母が「かわいそう」だからだ。母親は梨枝の幼い頃にとても不運なめにあっており、そんな母を支えたいと思っている。ゆるやかな共依存の関係の中で母娘《おやこ》はそれほど対立することなく、どちらかというと平和に暮らしている。

主人公は地味で気弱で男性経験もない。主人公の平凡ぶりに比べて、「蜘蛛を潰《つぶ》せないおじさん」である柳原はいわくありげだ。

彼は五十がらみであるが正社員ではなくパート勤務だ。温厚で物腰が柔らかく、女性スタッフに受けがいい。大恋愛の末駆け落ち同然で結婚した妻のことをするりと話したりする。それなのに、繁華街で茶髪の若い娘と密着して歩いている様子を目撃される。だが彼は別段変わった様子は見せず、店でのトラブルでもおっとり構えている。他の男性社員は頼りない店長に対して苛立《いらだ》ちを覚えているようだが、柳原はいつでも梨枝を否定しないで優しい言葉を口にする。

そしてある日、何の前触れもなく彼が店に出勤しなくなる。身を案ずる梨枝の前に、大恋愛で結ばれたはずの妻が固い表情で現れ、梨枝も読み手の我々もびっくりするようなことを言い出すのであった。

柳原が消え去る物語である一章は、これだけで秀逸な短編小説である。私はこの段階でもう鳥肌が立つほどしびれてしまったのだが、まだまだ物語は序盤だ。いったいこの話はどんなことになってゆくのだろう。

二章に入ると、梨枝に初めての恋愛が訪れ、いよいよ彼女の人生が展開しはじめる。相手は新しいアルバイト店員の三葉《みつば》で、まだ二十歳の大学生だ。目つきも言うこともはっきりした今時の男の子である。梨枝は自分がどうして気に入られたかいまひとつわからないまま、それでも恋の波に飲み込まれてゆく。デートをして、初めて性交する。三葉は年齢の割に大人っぽく、ドライな面もあるが梨枝にはとても優しい。彼女は次第に行動を規制してくる母親への不満を抑えきれなくなり、初めてその抑圧を撥《は》ね除《の》ける。自由になりたい。母の罵声《ばせい》や脅迫紛《まが》いの台詞《せりふ》も、恋をした娘を制止することはできない。梨枝はとうとう実家を出て一人暮らしを始める。

ここまで読んで私は息をつき、少しうっとりして思った。

この話は私の大好きなタイプの物語だ。個人的なことだが、私は世の中のありとあらゆる家出の話が大好物である。過去の持ち物を捨てて身軽になり新しい暮らしを始める。こんなに心躍ることはない。

梨枝は自力で古いアパートを借りて、家財道具を揃《そろ》える。母が見たら「みっともない」と眉《まゆ》を顰《ひそ》めそうなカーテンを窓にかける。恋人のために彼女は下着もレースやフリルがついたものを新調する。花柄のロングスカートを買って鏡の前でくるくる回ってみる。母に見られて何か言われることはもうないので、部屋にはふりふりひらひらしたものが溢《あふ》れてゆく。

彼女は自由を手に入れた。恋人とは半同棲《はんどうせい》状態で、何もかもがうまくいきそうな気配だ。でも賢い読み手はその向こうにもう暗雲の気配を感じ取るだろう。

このあと梨枝は、案の定ひとつひとつ間違えてゆく。それはそうだ。生まれて初めての恋愛がそんなにうまくいくはずもないし、家を出たくらいで簡単に自立が完了するわけではない。

さて、こうしてストーリーを紹介していくにつれ私はある危惧《きぐ》に襲われた。このままでは本作の一番の魅力はお話の筋だと思われてしまうと。もちろんストーリーはとても素敵で（私の好みということもある）、梨枝の置かれた状況の変化にぐいぐいと引っ張られ、先の展開が気になって仕方ない作りになっている。

本編読了後にこの解説を読んでいる方はきっと今の私の言いたいことをわかって下さると思う。

筋立て、構成、人物配置の巧みさで、読み手の気を逸《そ》らさない作品だ。でもそれはたとえば冒険小説のように後半へ向かってどんどんスピードをあげ、ページをめくる指がもどかしいというようなものとはちょっと違う。むしろ一文一文を噛《か》みしめて、滋味のある複雑な味の料理をゆっくり味わうような魅力なのだ。読み終えたいという欲求ではなく、読み終えたくないという感覚と言ったらいいか。

世の中にはこんな母娘関係は珍しくなく、彼女のような女の子の物語は既に山のように存在する。ひとりの娘が家族や様々な他人との関わり方のコツを模索して自己を確立し成長してゆく過程は大変に普遍的な物語で、少し意地悪く言うとこの主人公のように普通で平凡である。

それなのに、何かものすごく新しい物語に触れているような気がするのはどうしてなのだろうか。普通なのに何かが全然普通ではないのだ。

ラストシーンまで読み終えてまず私が思ったことは、例えが適切ではないかもしれないけれど、この作家はデビューの頃の宇多田ヒカルみたいだ、ということだった。

メロディーは耳触りが良くてすんなり入ってくるし、歌詞の世界は若い女性の普遍的なナイーブさなのに、何かが圧倒的にフレッシュで、その秘密を知りたくて繰り返し聞いてみたくなる。声が伸びやかで力強く安心して聞いていられる。最初のアルバムは何度聞いてもその度に「こんなに若いのにすごい！」とびっくりした。

彩瀬さんの文章にも同じことを思った。表現力が豊かで隅々まで端正で繊細だ。オーソドックスなのに瑞々《みずみず》しい。演歌的なウエットさではなく、新しい水分で満ちている。まだ若いのにどうしてこんなに生きることの機微を知っているのか。「切り取られてトレイに乗せられたむき出しの内臓みたいに無防備で、なにも言えずに傷《いた》んでいた」なんて表現が力まずにできるなんてすごすぎる。

誰一人として書き割りのような登場人物はいない。バファリン女、かまきりの雪ちゃんは言うに及ばず、端役《はやく》の人も実在する人のように血が通っている。私は特に一番最後にちょっとだけ出てくる店員が好きだ。

これが彩瀬さんの初長編小説なのだから本当に驚く。

本作におけるこの作家の真骨頂は、柳原さんの造形と、窓の外に咲くさざんかのくだりであると私は思う。

五十がらみの男性の乾いた指先からかすかに滲《にじ》み出るエロスと、ちらりと垣間見《かいまみ》れる、未来のある若者からは理解不能な生き方。そして淡々と抑えた筆致の中に現れるさざんかの禍々《まがまが》しいくらいの赤さ、ぬめるような花びらとその匂《にお》いは主人公の不安定な気持ちを増幅させ、現実が地滑りを起こしそうな危うさを窺《うかが》わす。そのふたつの奥底に流れるのは腐敗と死の匂いだ。彩瀬さんの作品の手練《てだ》れ感の正体はそれなのかもしれないと私は思う。

彩瀬さんは二〇一〇年に第九回『女による女のためのR-18文学賞』読者賞を受賞してこの世界に入ってきた。四回投稿して四度目に受賞した。私は当時選考委員をさせて頂いていて、彩瀬さんの投稿作を読んだ。特に最初の投稿作は今でも忘れられないほど印象深い。惜しくも選から漏れてしまったのだが、その作品はマジックリアリズム的手法というか現実と幻想が入り混じり、二十歳の女の子が書いたとは思えない死の匂いが漂う作品だった。

デビュー前からも含め彩瀬さんが次々と発表する短編を拝読して、彼女の作品に流れる通奏低音はこれなのだと今回確信を持った。彼女の中に年齢に見合わず老成したものがある。腐敗の予感と静かな諦念《ていねん》のようなものがこの作品をただの若い女性の恋愛小説とはまったく異なるものにしていると思う。蜘蛛はその世界からの使者なのかもしれない。

作者と同世代の女性たちにおすすめしたいのはもちろんだが、どんな世代の女性にも、そして男性にも是非彩瀬さんの世界を堪能《たんのう》して頂きたい。

（平成二十七年七月、作家）

この作品は平成二十五年三月、新潮社より刊行された。

ふがいない僕は空を見た　窪 美澄著

山本周五郎賞受賞・R－18文学賞大賞受賞

秘密のセックスに耽る主婦と高校生。暴かれた二人の関係は周囲の人々を揺さぶり——。生きることの痛みを丸ごと包み込む傑作小説。

花宵道中　宮木あや子著

R－18文学賞受賞

あちきら、男に夢を見させるためだけに、生きておりんす——江戸末期の新吉原、叶わぬ恋に散る遊女たちを描いた、官能純愛絵巻。

最後の恋
—つまり、自分史上最高の恋。—

阿川佐和子・角田光代・沢村凜・柴田よしき・谷村志穂・乃南アサ・松尾由美・三浦しをん著

8人の女性作家が繰り広げる「最後の恋」をテーマにした競演。経験してきたすべての恋を肯定したくなるような珠玉のアンソロジー。

この部屋で君と

朝井リョウ・飛鳥井千砂・越谷オサム・坂木司・徳永圭・似鳥鶏・三上延・吉川トリコ著

腐れ縁の恋人同士、傷心の青年と幼い少女、妖怪と僕!?　さまざまなシチュエーションで何かが起きるひとつ屋根の下《ふたりぐらし》アンソロジー。

十年交差点

中田永一・白河三兎・岡崎琢磨・原田ひ香・畠中恵著

感涙のファンタジー、戦慄のミステリ、胸を打つ恋愛小説、そして「しゃばけ」スピンオフ！「十年」をテーマにしたアンソロジー。

甘いお菓子は食べません　田中兆子著

頼む、僕はもうセックスしたくないんだ。仲の良い夫に突然告げられた武子。中途半端な〈40代〉をもがきながら生きる、鮮烈な六編。

江國香織著　ちょうちんそで

雛子は「架空の妹」と生きる。隣人も息子も「現実の妹」も、遠ざけて——。それぞれの謎が播かれ、織り成される、記憶と愛の物語。

川上弘美著　センセイの鞄
谷崎潤一郎賞受賞

独り暮らしのツキコさんと年の離れたセンセイの、あわあわと、色濃く流れる日々。あらゆる世代の共感を呼んだ川上文学の代表作。

川上弘美著　なめらかで熱くて甘苦しくて

それは人生をひととき華やがせ不意に消える。わきたつ生命と戯れながら、恋をし、産み、老いていく女たちの愛すべき人生の物語。

角田光代著　くまちゃん

この人は私の人生を変えてくれる？　ふる／ふられるでつながった男女の輪に、恋の理想と現実を描く共感度満点の「ふられ小説」。

角田光代著　まひるの散歩

つくって、食べて、考える。『よなかの散歩』に続き、小説家カクタさんがごはんがめぐる毎日のうれしさ綴る食の味わいエッセイ。

辻村深月著　ツナグ
吉川英治文学新人賞受賞

一度だけ、逝った人との再会を叶えてくれるとしたら、何を伝えますか——死者と生者の邂逅がもたらす奇跡。感動の連作長編小説。

西加奈子著　**窓の魚**

私たちは堕ちていった。裸の体で、秘密の心を抱えて――男女4人が過ごす温泉宿での一夜と、ひとりの死。恋愛小説の新たな臨界点。

西加奈子著　**白いしるし**

好きすぎて、怖いくらいの恋に落ちた。でも彼は私だけのものにはならなくて……ひりつく記憶を引きずり出す、超全身恋愛小説。

三浦しをん著　**天国旅行**

すべてを捨てて行き着く果てに、救いはあるのだろうか。生と死の狭間から浮き上がる愛と人生の真実。心に光が差し込む傑作短編集。

山田詠美著　**ぼくは勉強ができない**

勉強よりも、もっと素敵で大切なことがあると思うんだ。退屈な大人になんてなりたくない。17歳の秀美くんが元気溌剌な高校生小説。

唯川恵著　**とける、とろける**

彼となら、私はどんな淫らなことだってできる――果てしない欲望と快楽に堕ちていく女たちを描く、著者初めての官能恋愛小説集。

唯川恵著　**霧町ロマンティカ**

別れた恋人、艶やかな人妻、クールな女獣医、小料理屋の女主人とその十九歳の娘……女たちに眩惑される一人の男の愛と再生の物語。

あのひとは蜘《く》蛛《も》を潰《つぶ》せない

新潮文庫　あ-83-1

平成二十七年九月一日発行
平成三十年五月三十日四刷

著者　彩《あや》瀬《せ》まる
発行者　佐藤隆信
発行所　株式会社　新潮社
郵便番号　一六二―八七一一
東京都新宿区矢来町七一
電話　編集部(〇三)三二六六―五四四〇
　　　読者係(〇三)三二六六―五一一一
http://www.shinchosha.co.jp

価格はカバーに表示してあります。

乱丁・落丁本は、ご面倒ですが小社読者係宛ご送付ください。送料小社負担にてお取替えいたします。

印刷・株式会社光邦　製本・憲専堂製本株式会社

© Maru Ayase 2013 Printed in Japan

ISBN978-4-10-120051-4 C0193